ALONE TOGETHER

本多孝好

角川文庫 17821

1

風向きが変わった。僕の頬を湿った風が撫《な》でていった。風は梔子《くちなし》の香りを乗せていた。僕は開け放たれたガラス戸から続く庭を見遣《みや》った。金木犀《きんもくせい》、椿、梔子、百日紅《さるすべり》。小さな庭に整然と植えられた木々があった。狭い和室の中、黒塗りの机を挟んで、僕も教授も足を崩さずにいた。両足のつま先はとうに感覚をなくしていた。二つの湯飲みは出されたきり手をつけられていなかった。教授はそれが存在することすら忘れているようで、僕はそれを手にするきっかけをつかめずにいた。何に苛立《いらだ》ったというのだろう。遠くを走る幹線道路から、やけに長いクラクションが一つ、響いてきた。

「頼みが」

　クラクションの余韻が消え去るのを待って、教授が口を開いた。僕は教授に視線を戻した。

「頼みがあります」

「はい」

続く言葉を待ちながら、僕はそっと教授の顔を窺《うかが》った。空白の時間がわずか三年とは信じられないほど老け込んだ教授の顔は、変化よりも喪失を思わせた。老いを押し止《とど》めていた何かが教授から失われた。例えば、意思とか呼ばれるようなものが。

僕はそこに三年前の教授の顔を重ねた。教授は三年前も教授で、僕は医大の一年生だった。八十人あまりの新入生を前に教壇に立った教授からは、威厳を越えたカリスマ性すら漂ってきた。脳神経学の権威。学内においては次期学長の最有力候補。学外においても政府諮問機関を始めとする様々な組織で重要なポストを担っていた。本来ならば碌《ろく》に医学知識もない一年生の講義に立つ人物ではなかったが、昨今の医師の質の低下を嘆いた本人が、たっての希望でその講座を受け持ったと聞いていた。階段教室の教壇の上、ぐるりと教室を見渡した教授は、その小さな体躯《たいく》から溢《あふ》れるエネルギーだけで、八十人あまりの若者を悠《ゆう》と圧倒していた。

「不審には思われないのですか？」

教授の声が、僕の頭から三年前の教授の姿を消し去った。そこにいるのは、初老を迎えたただの男だった。

「不審？　何をです？」

僕は聞き返した。

「君と私とはアカの他人ではないが限りなくそれに近い。君は私の授業に何回出ましたか？　五回？　六回？」

「六回です」

「私にとって、君は毎年何十人と入ってくる新入生の一人でしかないはずです。しかも君はもううちの学生ではない。その君をなぜわざわざ呼び出したのか、不審には思われないのですか？」

「不審に思うより前に驚きました。夏を待たずに辞めた学生をよく覚えていてくれたものだと」

教授は軽く頷《うなず》き、言った。

「ええ。君が大学を辞めたという話は聞いていました。残念にも思いましたが、正直、それほど気に留めていたわけでもありません。それがひと月前、新聞記事を見つけました。不登校の小中学生を集めた塾がある。その塾についての取材記事です。授業風景を写した写真の片隅に君の顔を見つけました。私自身」

教授は小さく笑いながら続けた。

「私自身、なぜ、三年も前に辞めた君の顔を覚えていたのか、不思議に思いました。そう。不思議ですね。なぜなんでしょう」

最後の言葉は自問のように呟《つぶや》かれた。そのときのことを思い出そうとでもするかのように、教授は僕の肩越しの虚空を見遣った。僕と教授が唯一言葉を交わした、そのとき。

そのとき、教授は脳の話をしていた。その精緻《せいち》な造りについて。そのほとんどがいまだ解明されていないことについて。

質問は？

終業のベルが鳴り、がやがやとし始めた学生たちに向かって教授は何気なく聞いた。僕は手を上げた。教授が僕の視線を捕らえ、頷いた。何の予定があるのか、少しだけ延びた授業にいくつかのため息が沸き上がった。僕はため息を無視して立ち上がった。

「まだ解明されてない部分が多いとおっしゃいましたね」

教授が頷いた。

「ならばそこに」

少しの躊躇《ちゅうちょ》を僕は押し切った。

「ならばそこに、呪いの入り込む余地はあるとお考えですか？」

眼鏡のブリッジに指を当て、教授が少しだけ目を細めた。

「失礼。何の入り込む余地？」

「呪い、です。カース。誰かが誰かの不幸を念じること」

「それが、脳に入り込むとは？」

「他者の意思により無意識の領域に情報としてインプットされ、その脳を持つ個体そのものを操る可能性です」

おい、おい、何の話だよ。

誰かがおどけた声を上げ、学生たちが笑った。僕は笑わなかった。教授も笑っていなかった。

「呪いのことは」
起こった笑い声を咎《とが》めるように、教授は凛《りん》とした声を上げた。
「呪いのことはよくわかりません。申し上げた通り、脳の働きのすべてが解明されてい
るわけではないからです。そしてこれからどれだけ時が経とうと、そのすべてが解明さ
れることはないでしょう。決して解明されることのないその領域に神だか悪魔だかがい
て、祈りと呪いを司《つかさど》っているのかもしれません。だから、可能性を問われれば、それは
否定できないと答えるしかないですね。こんな答えでは不服でしょうが、これ以上は私
の能力を越えます」
教室がシンと静まり返った。最初の沈黙は教授の凛然とした声の効果。しかし続く沈
黙は教授の言葉に学生たちが呆《あき》れたせいだろう。
神と悪魔。祈りと呪い。
医大の教授が新入生に向けて語るにはあまりに大胆な言葉たちだった。沈黙に臆《おく》する
風もなく、教授は教室の真ん中辺りに向けて言った。
「新入生のみなさんに言っておきましょう。医術は聖職です。これだけは肝に銘じて下
さい。医者は聖職者です。神と悪魔を嘲《あざけ》るものに医者は勤まりません。祈りと呪いを笑
うものにも医者は勤まりません。人間が、己の持ち得る情熱をすべて燃やし尽くし、た
った一つの命を削り尽くしたその先に神と悪魔はいます。祈りと呪いがあります。もう
一度言います。医者は聖職者です。みなさんは聖職者の卵です。それだけは忘れないで

下さい」

啞然《あぜん》とする学生たちを残し、教授は悠然と教室を去って行った。

「あれは」と言って、教授は軽く微笑んだ。「過去に私が受けた中でもっともユニークな質問でした。そうですね。そのせいかもしれません。画一的な知識は画一的な好奇心しか生まない。君はその枠組の外にいた。そして私は他にそういう人を知らなかった」

そういうことでしょうかね。

教授は一人頷き、湯飲みに手を伸ばした。僕もそれに倣った。

「あの塾は長いのですか？」

すでに冷めているであろうお茶をずるりと飲んで、教授は聞いた。

「大学を辞めて、しばらくしてからです。二年と少しになります」

「差し支えなければ教えてもらえませんか。なぜです？　なぜ大学を辞めたんです？　うちの大学に入るのは易しいことではありません。努力も必要でしょう。お金だってかかります」

「そうですね」と僕は頷いた。「努力もしましたし、お金もかかりました」

「では、なぜです？　なぜあっさりと辞めたんです？」

「どうしても知りたいことがあってあの大学に入りました。けれど、教授にわからないと言われたとき、この方法では駄目なのだと気づきました。教授が辿《たど》った道を僕が辿り直してみても結果は同じでしょう。だから辞めました」

「呪いについて?」

「ええ」

僕の顔をじっと見ていた教授は、やがてにこりと微笑んだ。

「そのことについては話したくないようですね」

「話したくないというより」と僕は言った。「うまく話せそうにないんです。とても馬鹿げた話になります」

「馬鹿げた話」と教授は言った。「私ならばそういう話は嫌いではないですが?」

「いずれお話しできるときもくると思います」と僕は言った。「今はまだ」

「そうですか」

教授は頷き、僕から視線を外した。また湯飲みに手を伸ばしたが、それを持ち上げることはなかった。その凹凸に重要なメッセージが隠されているかのように、親指の腹で湯飲みの表面を撫《な》でた。僕は黙って教授が切り出すのを待った。

僕が働いている塾に教授からの手紙が届いたのは、一昨日《おととい》のことだった。教授は突然の手紙に対する非礼を詫《わ》び、どうしても早急に会いたいと伝えてきた。その二週間ほど前の新聞で教授の事件を報じる記事を目にしたばかりだった。断れるわけがなかった。僕は手紙に添えられた地図を頼りに教授の家を訪ねた。

「頼みがあると言いましたね」

湯飲みをじっと撫で続けながら、まるでそこから解読したメッセージを伝えるように教授は言った。

「ええ」

「ある女性を守って欲しいのです」

「ある女性、ですか？」

教授の奥さんがずっと前に亡くなっているという話は、在学中に聞いた覚えがあった。ならば親しく交際している女性がいても不思議ではないし、今の教授が置かれた状況を考えるのならば、その女性がそのために煩わしい思いをしているというのも考えられる事態だった。この状況に及んで教授が身を案ずるというその女性に僕は興味を覚えた。

僕の思いを察したのだろう。湯飲みからちらりと目を上げた教授は、僕の表情を窺《うかが》って苦笑した。

「そうではありません。女性といってもその子はまだ十四歳です」

「ああ。十四歳」と僕も苦笑を返した。「お嬢さん、にしては若過ぎますか。お孫さん？」

「いえ。娘さんです。私が殺した女性の」

殺した、という一言が僕らの間にまた沈黙を生んだ。

それが医療行為として正当なものだったのか。その必要性があったのか。家族の了解は得ていたのか。安楽死、あるいは尊厳死として扱い得るものなのか。教授の名声とあいまって、そのニュースはトップに近い扱いで新聞各紙を賑《にぎ》わせた。最初のニュースから二週間ほどが経ち、さすがに紙上での扱いは小さくなっていたものの、教授の身の回りではまだ騒ぎは収まっていないのだろう。僕自身、この家に入る前に記者と思《おぼ》しき人たちを何人か見かけた。部屋の片隅にある電話機の線はジャックから外されていた。

「逮捕されるのですか？」

僕は聞いた。

「いずれ起訴はされるでしょう。されれば長い裁判になりますね」

他人事《ひとごと》のような涼やかさで教授は答えた。

聞きたいことならばいくらでもあった。

どうしてその人を殺したのですか？　他に手段はなかったのですか？　そのために失うものが惜しくはなかったですか？　今、後悔なさってますか？

そして僕が何より一番聞きたいこと。

どうしてそのことについて口を閉ざすのですか？

そのニュースが報じられたとき、僕は教授の弁明を待った。彼は世間の検討にさらされるべき疑問を当然に用意しているものと思った。彼は世間に向けてその疑問を発するだろう。それが偽善と受け取られても、言い逃れと取られてもそうするだろう。そう思った。が、違った。彼は沈黙を守った。まるでヒロイズムに浸るハリウッド映画の主人公のように。医者は聖職者。彼の言葉だ。そして聖職者は英雄にはなれない。なるべきではない。世間から疎んじられようと軽んじられようと、聖職者は自分の信じる言葉を発するべきだし、自分では解けない疑問を社会に向けて提示するべきなのだ。なのに、なぜ？

「医者は聖職者だ。そうおっしゃいましたね？」

教授は頷《うなず》いた。

「そのお考えに、今も変わりはありませんか？」

教授はすっと目を閉じた。迷いのないたった一つの答えの前、それを口にする資格が自分にあるかどうかをじっと問うように。

「ええ」

教授は目を開けた。その一瞬に、階段教室で若者たちを圧倒していたあの教授の顔が重なった。

「変わりません」

「そうですか」

僕は頷き、話を戻した。

「守る、とおっしゃいましたか。その子に何か危険でも？」

「いえ。そういうことではなく」

その感情にどんな言葉を与えるべきなのかを迷うように教授はしばらく考え、言った。

「罪の意識でしょうか。私はその子から母親を奪ってしまいました。まだまだ庇護《ひご》者が必要な年齢なのに。見守ってあげたくとも、私にはその資格がない。おっしゃった通り、逮捕されることもあるでしょう。そこであの新聞記事を思い出したんです。君ならば、と、勝手ですが、そう思いました」

「父親は?」

「います。いるにはいるのですが」

教授は言葉を濁した。僕もそれ以上は聞かなかった。

「正直に申し上げて」と僕は言った。「ああいう塾で働いているからといって、僕が小中学生たちに対して特別な接し方ができるとお考えでしたら、それは間違いです。僕はその子の庇護者にはなれません」

「けれど友達にはなれるかもしれない」

「ええ。僕とその子との相性が奇跡的なくらいに良ければ」

「奇跡的かどうかはわかりませんが」と言って、教授はにっこりした。「君たちは相性がいいと思います」

どうせ断る気のない話だった。

「やりましょう。僕にできる範囲で」

「ありがとうございます」

教授は机に手をつき、深々と頭を下げた。

引き受けて良かったのだろうか。

帰りの電車の中、その思いは何度も頭に浮かんだ。日曜日の夕方とあって、車内は閑散としていた。車内にいる人たちは、漫画やら小説やら音楽やら夢の中やら、それぞれの世界に没頭していた。

「一度《ひとたび》、人と関われば……」

単調な電車の揺れに身を任せながら、僕は父の言葉をぼんやりと思い出していた。

「一度、人と関われば、ときに相手を傷つけ、ときに自分が傷つく。それは誰だってそうだ。けれど、俺たちは、俺とお前は、それだけじゃ済まないかもしれないんだ。ときに相手を損ない、ときに自分を壊してしまう」

父の言い分の正しさは、僕にもわかっていた。そもそも、母親を喪《うしな》ったばかりの中学生に、自分が何かをしてあげられるとも思えなかった。けれど何度考え直してみても、あの状況の中で教授の頼みを断っている自分の姿は想像できなかった。

駅からの上り坂をやけに長く感じた。六畳一間のアパートの部屋に帰り着き、手にしていた部屋のカギを机の上に滑らせ、僕は一つため息をついた。顔でも洗おうかとジャケットを肩から外したとき、ふと視界の片隅で何かが動いた。部屋の隅にあった鏡が、入り口の戸を映していた。その前に立った見知らぬ男も。僕は驚いて振り返った。長身の体をグレーのスーツにぴたりと包んだ男がそこに立っていた。いつの間に入り込んでいたのか、普段は大きく軋《きし》むはずの戸が開く音すら僕は聞いた覚えがなかった。

「柳瀬《やなせ》さん？」

一瞬、言葉を失っていた僕に男は言った。顔に浮かんだ優雅とも呼べそうな笑みは何かのセールスマン風だったが、その目にはどこか退屈そうな影があった。

「そうですが」と僕は言って、ジャケットを肩にかけ直すと、男の前まで取って返した。

「何か？」

「ちょっと話を聞かせて頂けますか？」

僕が何かを問いただす前に、男は背広の内ポケットから名刺を取り出した。

肩書きはフリーライター。住所も電話番号もない。ただその肩書きと名前とだけが記されていた。

「フリーライター？」

僕は男に聞いた。

「ええ」

男は頷いた。

男はフリーライターには見えなかった。その職業から想像される下司《げす》な好奇心も、高尚な使命感も、その他ありとあらゆるエネルギーが男からは感じられなかった。陶芸家を目指して挫折《ざせつ》し、たまたまその分野で成功してしまったポップミュージシャン、と言われればまだ納得したかもしれない。男は現在の自分を気に入っていないようで、現在の自分は男を馬鹿にしているようだった。

「どんな話です？」と僕は聞いた。

「とある大学病院で起こった殺人事件について、と言えばおわかりになるかと思いますが？」

「笠井《かさい》教授？」

「そう。笠井」

「手回しがいいですね」と僕は半ば呆《あき》れながら言った。「いったい、誰に聞いたんです？」

「誰に聞いたわけでもありません」と男はやはり優雅な笑顔と退屈そうな目付きで言った。「笠井の家からあなたをつけさせてもらいました」

「つけた？」

僕は憮然《ぶぜん》として聞き返した。

「ええ。失礼とは存じたのですが」

招き入れられることを期待するかのように、男は僕の肩越しに部屋の中を見遣《みや》った。

僕はその視線に気づかなかったふりをした。

「残念ですが、お話しできるようなことは何もないと思います」

男はその拒絶がさも意外であるかのような顔をした。

「教授の家へ行ったのは個人的な用事があったからです。それについてあなたにお話しするつもりはありませんし、事件について僕は新聞報道以上のことを知りません」

そうですか。

感心したように、あるいは馬鹿にしたように呟《つぶや》いて、男はしばらく考えた。「でしたら」と僕の頭の少し上辺りを見ながら男は言った。「でしたら、感想を聞かせてもらえませんか？」

「感想？」

「そう。個人的な知人として、あの事件をあなたが、柳瀬さんが、どう思うのか。その感想です」

「残念ですが」

僕は名刺を男につき返しながら言った。

「それもあなたにお話しする理由はないように思います」

「事件が起こったのは二ヶ月前」

つき返された名刺を男は受け取らなかった。その動作すら無視した。胸のところで腕を組むと、男は記憶をなぞるように目玉だけで斜め上を見上げた。

「首吊《くびつ》り自殺を図った女性が夜中に救急車で運ばれたことから始まります。救急車は笠井のいる大学病院に患者を運んだ。この時点で患者の心臓は止まっていました。何とか心蘇《そ》生《せい》がなされたものの、大脳機能は絶望的。意識が戻る可能性はほとんどありませんでした」

男は見上げていた虚空に開いた右手をつき出し、ぎゅっと閉じた。飛んでいる蚊でも捕まえるような仕草だった。僕の目には何かがいたようには見えなかった。閉じた右手を開いて中を確認すると、男は少し不服そうな顔で両手を擦《こす》り合わせた。

「自律神経を司《つかさど》る脳幹が生き残っても植物人間。それすら死んでしまえば、心停止は時間の問題です。自発呼吸も落ちていて、人工呼吸器でどうにか命を保っている状態でした」

「新聞くらいは読んでいます」

男のお喋《しゃべ》りにうんざりしながら、僕は言った。男は構わずに続けた。

「日本の病院というのは、厳格なヒエラルキーの中に存在しています。ピラミッドの頂点にある大学病院。その大学病院のさらに頂点にいる教授たち。ましてや、笠井ほどの医者が、本来、直接に患者を担当することはありません。事実、その女性も別の医者が担当でした。まだ二十代の新米医師です」

それは男の言う通りだった。教授が教授のままであろうとしたなら、その患者に関わることすらなかったはずだ。が、教授は教授である以前に一人の医師であろうとした。僕が在学中から、教授の回診は長いことで有名だった。一人一人の患者を丁寧に診て回り、担当医師に細かい指導を与え、見舞いに来た家族に声をかけ、その愚痴を聞いてやった。おそらく、大学にいるよりは隣接している大学病院にいる時間のほうがはるかに長かっただろう。そんな教授だからこそ起こり得た事件だったとも言える。

「人工呼吸器を止めたのがその担当医師だったのならば、事はここまで大げさにはならなかったでしょう。どうやったって意識が戻る見込みはない。脳幹死すら時間の問題に思えた。数日、死を遅らせるくらいならば素直に逝かせてやれ、そんな患者に構っていられるか、というのが、大方の医者の本音でしょう。だから、本来ならば、こんな事件は、そもそも事件になる前に病院内部で揉《も》み消されていたかもしれません。しかし、人工呼吸器を止めたのは担当医師ではなく、笠井だった。女性が運び込まれた日から数えて三日目の深夜、笠井は誰に何の通告もせず、勝手に女性の人工呼吸器を止めてしまいます。直接には何の関係もない笠井がやった。しかも、深夜、人目を盗むようにして。さすがに担当医師もこれには納得できなかったのでしょう。その新米医師は自らのキャリアをなげうつ覚悟で、これをある新聞社に告発します。笠井の知名度もあって、事がここまで大げさになった」

男が僕を見た。相変わらず退屈そうな目をしていた。その退屈さの責任が僕にあるとでも言いたそうな目付きだった。

「何かおっしゃりたいことは？」と男は言った。

「一つだけ」

「承りましょう」

僕は男の脇に手を伸ばして、戸を押し開けた。

「話が終わったのなら、帰って下さい」

男は僕をじっと見た。やけに重たい、嫌な湿度を持った視線だった。どう絡む気だろうかと僕は胸のうちで身構えたが、すっと視線を外した男はあっさりと引き下がった。

「そうですか」

男は一歩身を引くと、丁寧に頭を下げた。

「それでは、またにしましょう。名刺は持っておいて下さい。失礼します」

そのあっけなさに僕が虚をつかれている間に、男は部屋を出て行った。僕は戸を閉めて部屋の中に戻り、男の名刺を丸めてゴミ箱に放り投げた。男は教授を取り巻く幾重もの渦のほんの一巻きに過ぎなかった。マスコミだけではない。大学のことだってあるだろう。辞職するのだろうか。親しい友人にはどう伝えているのだろう。親戚《しんせき》には？　自分を慕ってくれている教え子たちには？　やはりだんまりを決め込んでいるのだろうか。わずか一時間ほど前に一緒にいた教授をやけに遠くに感じた。教授は今、何をしているのだろう。何を思っているのだろう。これからのことをどう考えているのだろう。

巡る疑問はどうしたって出発点に戻ってきてしまった。

いったい何だって、教授はその人を殺したのだろう？

僕は教授から預かったメモを財布から取り出して眺めてみた。

立花《たちばな》サクラ。私立翠川《みどりかわ》女子学院中学校二年。

住所も電話番号も記されてはいたが、まさかいきなり会いに行くわけにもいかなかった。

こんにちは。僕、君のお母さんの人工呼吸器を止めた医者に頼まれたんだ。何か困ったことがあったら、いつでも相談に乗るよ。

馬鹿げてる。

僕は教授の話を聞いているときから頭に浮かんでいた一人の女の子を思った。結局、彼女の手を借りるしかなさそうだった。何かと忙しい子だ。たぶん、捕まるまでに時間がかかるだろう。そう思いながら、僕は受話器を取った。

2

「何か連絡事項はありますか？」

学院長の渡《わたり》さんが言い、自分のデスクの前に並んだ五人の講師の顔を見渡した。二人は学生、一人が定年退職した元小学校の教頭、もう一人が主婦、それに僕。この五人に渡さん自身を含めた六人でアフィニティー学院は運営されている。二人の学生と元教頭とが小学生の部を担当し、僕と主婦と渡さんとが中学生の部を担当する。毎日働いているのは渡さんだけで、あとは週に三日、四日のアルバイトだ。六人が顔を揃える月曜日の朝にミーティングが開かれる。

何かを言いたそうなその表情に気づいたのだろう。渡さんは僕の隣にいた学生アルバイトの一人にぴたりと視線を止めた。

「酒井《さかい》さん。何か？」

「あの、実は先週の金曜日に、生徒の一人と話をしたんです。小学生の部の生徒なんですけど、ユイちゃんっていう女の子で、あ、五年生で、髪の毛がこう、肩くらいまであって」

バイトに入ってからまだ二週間ほどしか経っていない東大生は、もごもごと口の中で言った。渡さんの指の第二関節がデスクをコツコツと叩《たた》いた。

「ええ。わかるわ。ユイちゃんね。岸田《きしだ》ユイちゃん。よく赤いカチューシャをしてる子ね。先週の金曜日はブルーのチェックが入ったスカートに白いブラウスを着ていたわね。ユイちゃんが、何？」

五十人からいる生徒の服装まで覚えている渡さんの記憶力とそのきびきびした物言いとに、東大生はいっそう萎縮《いしゅく》した。

「いえ。あの、ただの、世間話みたいに話しただけなんで、だから、詳しくはわからないんですけど」

「ええ」

渡さんの指のリズムが徐々に速くなった。勤続年数の一番長い講師が、二人を見比べてニヤニヤ笑っていた。僕と目が合うと、その元小学校教頭は笑ったまま肩をすくめた。

「それが、先週の金曜日、ちょっと話をしていたら、あ、いえ、昼休み中ですよ」

「酒井さんの勤勉さは重々承知しています。それで、先週の金曜日の昼休みにユイちゃんはあなたに何を言ったの？」

指のリズムが止まった。それ以上まごつけばどうなるのかは、渡さんと付き合いの短い酒井くんにも理解できたのだろう。慌てたように、やや早口で言った。

「あの、家庭で、暴力を受けているようなんです。それが、父親と母親の両方から、代わる代わるというか。ええ。どっちもやめてくれないし、もう、死ぬしかないって、本当に思いつめていて」

ついに元教頭が噴き出した。そちらに厳しい視線を送ってから、渡さんはゆっくりと言った。

「ユイちゃんが、そう言ったのですね？」

噴き出した元教頭を訝《いぶか》しげに見ていた酒井くんは、問いただされて、渡さんに向き直った。

「ええ」

「わかりました。結構です。他には？」

平然と言って他の講師を見渡した渡さんに、酒井くんは一瞬ぽかんとしたあと、猛然と食ってかかった。

「結構って」

声が裏返ってしまい、酒井くんは最初から言い直した。

「結構って、どういうことです？　彼女、家庭で暴力を振るわれているんですよ。何か、手を打つべきじゃないんですか？　それとも、ここは学習塾だから、家庭内の問題には手を出さないっていうんですか？　塾は塾でも、ここは不登校の子供たちを集めた特殊な塾でしょ？　問題があるんだったら、その原因がわかっているんだったら、何とかしてあげる義務があるんじゃないんですか？」

デスクに手をつき、身を乗り出した酒井くんを渡さんは冷静に見返した。

「岸田ユイちゃんに問題があることは承知しています。が、その原因はわかりません」

「わからないって、だって」と言いかけた酒井くんを、渡さんは制した。

「親の暴力を受けている。彼女は半年前にも、三ヶ月前にもそう言いました。でも、どちらも嘘でした」

「嘘？」

酒井くんは虚をつかれたように繰り返した。

「嘘って、だって」

「工藤《くどう》さん」

説明を促すように、渡さんが元教頭を見遣《みや》った。

「あのな、青年」と工藤さんは言って、酒井くんの肩に手を回した。自称柔道五段というのが本当かどうかは知らないが、肩に回った手には、その年齢からは想像できないくらいの力がこもっているはずだ。「オレらが雁首《がんくび》揃えて、ただボケーっと生徒を眺めてるだけかと思ったか？　オレらだって、何とかしてあげたいと思ってるよ。思ってるから、こんな安い時給でも我慢して、ちまちま働いているんだよ。なあ？」

工藤さんが隣にいた熊谷《くまがや》を見た。有名な女子大で児童心理学を専攻している二十歳の大学生はにっこりと笑って頷《うなず》いた。

「それは、どうも」と渡さんが独りごちた。

「あの子はここに通うようになってすぐにそう言った。半年前だった。毎晩のように暴力を振るわれている。もう死にたいってな。いや、お前が騙《だま》されるのもわかるよ。オレらだって騙された。それくらい真に迫ってたよ。渡さんは当然、親を呼び出した。これ以上、暴力を続けるのなら、我々としては警察に届けざるを得ないってな。親は狐につままれたような顔をしてたよ」

「だって、そんなこと」と酒井くんは工藤さんの腕を自分の肩から外しながら言った。

「親が嘘をついてるんじゃないですか？　暴力を振るったろって言われて、はい、そうです、なんて認める親がいますか？」

やだ、やだ、と工藤さんは呟《つぶや》いて苦笑した。

「オレら、本当に馬鹿だと思われてるみたいだな」

「そういう言い方はやめて下さい」

意外に毅《き》然《ぜん》と酒井くんが言い、工藤さんはまた苦笑した。

「悪かったよ。学歴がないもんでな。コンプレックスがあるんだよ。勘弁してくれよ」

素直に謝られて、酒井くんはバツの悪そうな顔で頷いた。

「でな、オレらとしても、どちらを信用するべきなのか迷った。迷ったから、岸田家に泊めてもらった。ユイちゃんには内緒だ。ユイちゃんが自分の部屋で眠りについたあと、ご両親にそっと家に入れてもらったんだ。オレと柳瀬と二人で。朝、ユイちゃんが起きてくる直前まで。な？」

工藤さんに同意を求められ、僕は頷いた。

「翌日、学院でユイちゃんに問いただしてみた。昨日の晩も、親に暴力を振るわれたかって。そのときのユイちゃん、見せてやりたかったね。大したもんだったよ。涙ながらにな、先生たちがお父さんとお母さんに言っちゃったんでしょ。告げ口した罰だって、私、ずっと、一晩中殴られ続けた。ごめんなさい、ごめんなさいって言っても許してもらえなかった。朝まで叩かれてたの。ひどいよ、先生」

ユイちゃんの口ぶりを真似て、工藤さんは肩をすくめた。

「ってなもんさ。オレと柳瀬は顔を見合わせたよ。ひょっとしたら、オレらの目を盗んで、両親のどちらかがそっとユイちゃんの部屋に忍び込んでいて、本当に、ユイちゃんを痛めつけたんじゃないかってな、一瞬、本気でそう思ったくらい、真に迫ってたよ」

「そういう可能性だって」と言いかけ、酒井くんは首を振った。「ないんですね？」

「ないね」と工藤さんは言った。「両親の寝室からはリビングを通らなきゃ、ユイちゃんの部屋には行けない。オレらはずっとそのリビングにいたんだ。二人とも、一晩中起きていた。あの晩に限っていうのなら、ユイちゃんが親に暴力を振るわれたなんてことは、あり得ない」

「その三ヶ月後にも、ユイちゃんは同じことを言いました」と渡さんがあとを続けた。

「頭ごなしに嘘だと決めつけたわけではありません。今度は本当かもしれない。前のは嘘でも、今度のは、とね。だから、もう一度、工藤さんと柳瀬さんに岸田さんの家まで行ってもらいました」

「今度は携帯を持たせたんだ。熊谷の携帯をユイちゃんに持たせた。親に暴力を振るわれそうになったら、すぐにオレの携帯に電話しろ。絶対に助けに行くってな。そう言って、またユイちゃんが眠ったあとに、岸田家に入れてもらった。またリビングで夜明かしさ」

「携帯は、鳴らなかったんですか？」

「鳴らなかったのならよかったんだけどな」

工藤さんはうんざりしたように言って、僕を見た。その視線を追って、酒井くんも僕を見た。

「鳴ったんだ。あいにくと」と僕は言った。

「鳴った？」

「鳴るわけがないんだよ」と工藤さんは言った。「どう考えたって、両親はこっちの寝室で寝ている。ユイちゃんの部屋には絶対に行っていない。それでも、電話を受けると、ユイちゃんの怯《おび》えた声が聞こえてくる。助けてって。あとは言葉にならない悲鳴の連続さ。殴られる音も聞こえてくる。オレと柳瀬とは泡食ってユイちゃんの部屋に行ってみた」

「それで?」

「ベッドの上に座ってな、声がなるべく漏れないようにだろうな、頭に布団をかぶって悲鳴を上げてるユイちゃんがいたよ。布団をかぶっているからオレらが部屋に来たのも気づかなかったみたいだな。自分の拳《こぶし》でな、自分の足を殴りつけて、それがどうやったら効果的に聞こえるか、こう携帯の角度を変えたり、叩《たた》く場所を変えたりしながらな、一生懸命、頑張ってたよ」

「はあ」

酒井くんは惚《ほう》けたように頷いた。でも、酒井くんにはわからないだろう。僕と工藤さんがショックを受けたのは、そんなことじゃない。あの夜、何が起こっているかわからないままに、僕らは恐る恐るユイちゃんの部屋のドアを開けた。

ユイちゃん。

工藤さんが声をかけた。ユイちゃんは布団を取った。茫然《ぼうぜん》と立ち尽くす僕らを認めた。

そしてユイちゃんは……

笑った。

その笑みは、僕らを萎《な》えさせた。叱る気にも、なじる気にもなれなかった。事情を問いただすことさえ、僕らはしなかった。

ああ、という工藤さんの、ため息とも呻《うめ》きともつかない声を横に聞いた。僕らはその笑顔にすべてを理解したのだ。つまり彼女は、僕らの理解を越えた生き物なのだと。

翌日からも、ユイちゃんは何でもない顔で学院に通ってきた。もちろん、それ以降、僕らとユイちゃんの間でその話が出たことはない。

「お前以外はみんな知ってるからな」と今度は慰めるように軽く酒井くんの肩を抱いて、工藤さんは言った。「だから、お前だったんだろう。他の先生には言わないでって、言われたろ？」

「あ、ええ。そうです。でも、黙ってるわけにもいかないと思って、だから、僕」

「そうだよ。黙ってるわけにはいかないよな。そんなこと聞いてよ。でも、黙ってたことにしろ。誰にも言ってない。そういうことにしておけ。いいな？」

強く念を押され、酒井くんはロボットのようにこくんと頷いた。

「嘘だからといって、問題がないと考えているわけではありません」

酒井くんを諭すというより、自分を納得させるような口調で、渡さんは言った。

「問題のないところには嘘もないでしょう。けれど、ユイちゃんの問題は、親の暴力などという単純なものではありません。もう少し時間をかけて、見守ってあげたいと思います。いいですね？」

酒井くんはもう一度こくんと頷いた。それに頷き返してから、渡さんは腕時計に目を落とし、口調を明るいものに変えた。

「さて。他に何もなければ、結構です。今日も一日、よろしくお願いします」

講師たちはばらばらと自分の机に戻った。九時三十分過ぎ。授業が始まるまでにはまだ三十分ほどある。

「騙されたのは君だけじゃない」

隣の机で肩を落とす酒井くんに僕は言った。

「あんな演技をされれば、大概の人は騙される」

「柳瀬さんを除いてね」

僕の逆の隣から熊谷が口を挟み、酒井くんは眉《まゆ》をひそめた。

「柳瀬さんは、騙されなかったんですか？」

「そう」と熊谷が僕を横目で見ながら言った。「最初にユイちゃんがそう言ったときも、柳瀬さんだけは騙されなかった」

「よしてくれ」と僕は言った。

「だって、本当じゃない」と熊谷は言った。「最初にユイちゃんの告白を聞いたとき、渡さんがみんなに意見を聞いたの。みんな怒ってた。だって、信用してるからね。嘘だなんて、これっぽっちも思ってない。ひどい親だ。警察に言うべきだ、とか。でも、柳瀬さんだけが違った。柳瀬さん、顎《あご》にこう、手なんか当てて言ったの。わかりませんねえって。渡さんが、何がわからないんです、って聞き返したら、柳瀬さん、どうしてあんな嘘をつくのか、って答えたの。もう工藤さんなんか怒りまくったわよ。あの子が嘘つきだってのか。あの涙を見てなかったのか」

「お前、それでも人間か、人の子かってな、ぼろ糞《くそ》に言ったな。そういえば」

工藤さんが向かいの机から言って、笑った。

「でも、まあ、お前が正しかったってことだよな。そうだな。お前、どうしてわかった？　オレだって、ずっと小学校で教壇に立ってたんだ。子供の嘘についちゃ、お前よりずっとわかってる。いや、わかってるつもりだった。それでも騙《だま》された。なあ、いまだに納得できねえよ。みんなが騙されたのなら、あの子の演技力を褒めときゃいいけど、お前は騙されなかったんだからな」

「勘ですよ」と僕は言った。「ただ、何となくそんな感じがしただけです」

「それにしては、疑う余地すらなさそうな口ぶりだったけど？」と熊谷は言った。

「本当に勘だよ」と僕は笑った。「逆もそうであるように、男は女の嘘に敏感なんだ」

「どうだか」

熊谷は呆《あき》れたように笑って、自分が使う教材に目を落とした。

「愛ですよ」

突然聞こえてきた間宮《まみや》さんの声に、工藤さんが顔をしかめた。熊谷は聞こえなかったふりをした。

「愛、ですか？」と、しかし、馬鹿正直に酒井くんが聞き返してしまった。

「ええ。愛です」

話し相手を得て、四十五歳になる主婦は確信に満ちた様子で頷《うなず》いた。

「柳瀬さんは、ユイちゃんを愛しているんです。だからわかったんです」

「え、柳瀬さんって」と酒井くんは言い、僕に顔を寄せて声をひそめた。「ロリコンでしたか」

「そういうことではありません」と間宮さんは言った。無口だが、耳はいい。そして無口だが、一度喋《しゃべ》らせると止め処《ど》がなくなる。「それは、たとえるなら親の愛です。私が娘を愛しているように、柳瀬さんはユイちゃんを愛しているんです。だからわかったんです。私が思いますに、ユイちゃんのご両親にもかなり問題があります。自分の娘の嘘がわからない親なんて、それだけで親としては失格でしょう。私は娘の嘘ならどんなものだって見破れる自信があります。この前だって」

「あぁっと、間宮さん」

その話は、いずれユイちゃんの話から逸《そ》れて、止め処もない間宮さんの娘さんの自慢話へと続くはずなのだが、徐々に勢いづいてきた間宮さんの言葉は工藤さんに遮られた。

「万引きした友達をかばってってやつなら、今度オレから手短に話しておくから」

「いえ、その話ではなく」

「先生にえこひいきされて、いじめられっ子になりかかった友達を助けたって話?」

「いえ、それでもなく」

「とにかく、間宮さんのお嬢さんは、できたお嬢さんでな。スサノオノミコト並みに武勇伝がいっぱいあるんだ。一々聞いてると、日本書紀より長くなるから」

「はあ」と酒井くんが頷いた。

熊谷が苦笑し、間宮さんが工藤さんに反論しかけたとき、渡さんが言った。

「何かしら？」

僕らは渡さんの視線を追って、講師室の入り口を見遣《みや》った。ミカちゃんが立っていた。

青井《あおい》ミカ。中学二年生。ここに通い始めてから、半年ほどになる。補導歴二回。どちらも学院に通うようになる前の話だ。二度とも繁華街で喧嘩《けんか》していたところを補導されたと聞いた。相手は二度とも酔った会社員で、相手は二度とも病院に送り込まれたという。カバンの中には常にカーボン製の特殊警棒が潜んでいるともっぱらの噂だが、僕は確認したことはない。

ミカちゃんは問いかけるように僕を見ていた。

「うん？」と僕は言った。

ミカちゃんは顔をしかめた。小さな顔の眉間《みけん》に皺《しわ》が寄ると、くしゃみを堪《こら》えているスピッツみたいな顔になった。

「話があるって、昨日の夜、電話してこなかった？」

そうだった。

「そうだった。ごめん」

「ひどいよね。こっちは期待満杯で新しいパンツはいてきたのに。ね、見る？」

ミカちゃんはそう言って、極端に短いミニスカートの裾《すそ》を少し持ち上げた。目線の感じからすると、からかっている相手は僕ではなくて視界の端にいる酒井くんのようだ。

酒井くんはぽかんとミカちゃんの足を眺めていた。

「悪かったよ」と僕は言い、目線で渡さんに断ると席を立った。

僕は講師室を出て、すぐ脇の廊下にある長椅子に座った。ミカちゃんも隣にちょこんと座った。外の曇り空のせいで、廊下を挟んだ向かいの窓ガラスには、蛍光灯の下にいる僕ら二人の姿が映った。白いメッシュの入った髪。ピンク色の口紅。鮮やかな青のアイライン。ガラスに映る十四歳の女の子は、二十一の僕よりむしろ年上に見えた。

「ある人とつないで欲しいんだ」と僕はミカちゃんに言った。「中学生の女の子。立花サクラっていうんだけど」

「立花サクラ」とミカちゃんは呟《つぶや》いた。「何中？」

「ええと」

僕は財布から、教授から貰《もら》ったメモを取り出した。

「翠川女子学院って知ってる？　横浜にある私学らしいんだけど。そこの中学二年生」

「スイジョねえ」と言って、ミカちゃんはしばらく宙を睨《にら》んだ。その頭脳に眠っている膨大な『お友達リスト』から関係者を洗い出しているのだろう。やがて携帯電話を取り出したミカちゃんは、ボタンをいくつか操作し、一つ頷いた。「うん。スイジョなら、二人くらい友達がいるから、聞いておく」

携帯電話のメモリーで確認しなければ思い出さないような人を友達とは呼ばない、さらに、友達とは『くらい』で換算される人のことではない、などと、間違っても言ってはいけないことは、ここ二年あまりの経験で僕にもわかっていた。彼女たちには彼女たちの住む世界があり、そこにはそこの論理と規範がある。

「どっちかでいいから、紹介してくれないかな。僕が直接会って、話を聞いてみたい」

ミカちゃんは胡散《うさん》臭そうな顔で僕を見上げた。

「デリケートな話なんだ」

「デリケートな話？」

「恩に着る」

「それだけ？」

「飯を奢《おご》る。デザートもつける」

「よかろう」とミカちゃんは言って、立ち上がった。立ち上がった途端に手にした携帯が鳴り出した。「今日の夜までに話をつけておく」

ミカちゃんがそう言うならば、話は今日の夜までにつくと考えていい。東京近郊に住む一部の中学生の間で、ミカちゃんはほとんど伝説と化している。ミカちゃんの携帯の番号が高値で売られているというが、それもまんざら嘘ではなさそうだ。

困ったときは、この人を頼るといい。

自分の意思とは無関係なところで増殖していく人脈を、それはそれでミカちゃんも楽しんでいる風があった。金に困った子には安全で割のいいアルバイトを紹介してやり、家出してきた子には適当な宿泊先をあてがってやり、グループ同士の対立が起こればそれを仲裁し得る然《しか》るべき人を派遣する、といった具合だ。一つのトラブルの解決は、新たな人脈を生み、それがまた別なトラブルの解決に役立つ。ミカちゃん自身が、それで何がしかの利益を得ているわけではない。頼りになるトラブルシューターとして、ひっきりなしに鳴る携帯電話を抱えながら町を徘徊《はいかい》しているだけだ。なぜそんな役回りになったのか、僕は知らない。本人にだってわからないのかもしれない。そういう中学二年生の生活について、不健全だと眉《まゆ》をひそめる大人もいる。奔放でいいじゃないかと笑う大人もいる。僕はどちらとも思えない。ただ、教室で見かけるミカちゃんの静かな寝顔を、ときに痛ましいと思う。

「話がついたら知らせる」

僕にそう言うと、ミカちゃんは電話に応対しながら、教室のほうへ足を向けた。

最近、とみに増えているこの手の塾の中でも、アフィニティー学院は特別な地位にある。口さがない人たちはここを『最終処分場』と呼ぶらしい。不登校の子供を集めた塾ですら適応できなかった子供たちが集まってくる吹き溜《だ》まり。ここをドロップアウトしたら、もう他に行き場のなくなる最終処分場。

僕はここで、何をしているのだろう？

時折、僕は考える。

何とかしてやりたいと思ってる、と工藤さんは言った。本当だろう。工藤さんは本当に何かをしてあげたいと願っているのだろう。熊谷も、酒井くんも、間宮さんも、もちろん渡さんも。けれど、僕は？

ドロップアウト。もちろん、彼らにだって、そうなるにはそうなるだけの理由がある。学校でのいじめ。両親の不和。あるいは両親との不和。漠然とした疎外感。社会に対する違和感。どうしようもない無気力。

けれど、それらをどうにかしてやろうという意気込みを僕が持ったことはない。彼らだって、結構、どうでもいいと思っているのじゃないかとすら思う。僕にとっては、だからただのアルバイトだ。時給九百円。交通費なし。別にこんな特殊なバイトでなくてもよかった。借りているアパートから通える範囲で、最低限の生活を支えてくれる仕事なら何だってよかったのだ。

アルバイトを始めてしばらくして、僕は正直に渡さんにそう言ったことがある。長く続けられる自信がない、と。

「でもやめられない。恋ってそういうものじゃなくて？」

四十を間近に控えているはずの渡さんは、恋と口にしてさらりと笑った。化粧などほとんどしない。髪は乱暴に後ろに束ねられている。女性も、母性も感じさせない。感じさせてたまるものかと頑《かたく》なにそう決めているかのようにすら見える。

「恋は」と僕は言った。「してないと思います。たぶん」

「してるわよ、絶対」と渡さんはきっぱり言った。「あなたはこの仕事を気に入っている。そしてこの仕事はあなたに向いている」

そうだろうか？

僕は教室を見回しながら、ぼんやりと考えた。計算上は四十人座れるはずの教室で、互いに微妙な距離を置きながら座っている二十二人の中学生たちがいた。授業などと威張れるものではない。ほとんどが自習だ。十時から一時間の昼休みを挟んで三時まで、生徒は各々が勝手に選んだ教材で勝手に勉強をしている。辞書を引きながら原書でイギリスのミステリーを読んでいる子もいる。岩波文庫の哲学書を読んでいる子もいる。楽譜を眺めながらヘッドフォンでハードロックを聴いているなどまだマシなほうで、クロスワードパズルをやっている子もいれば、その時間中、ずっとハンドグリップで握力を鍛えている子もいる。そして大概の子は机に突っ伏して眠っている。

連帯感、と渡さんは言う。

「まずは学院に来てもらうこと。それが一番大事なことです。学院に来て、教室に入って、そこに自分と同じように座っている生徒たちを見れば、連帯感は自然と生まれると思います。その連帯感を足がかりに、社会との関係性を築き直して欲しいと、私はそう考えています」

渡さんがどこまで自分の言葉に自信を持っているかはわからない。それはときに、依怙《いこ》地《じ》な信念にも聞こえる。僕の目から見る限り、彼らの間に何らかの連帯感が生まれているようには到底思えない。同じ時間と空間を共有しながらも、彼らは互いにまったく孤立した存在だった。昼休みでも生徒間に会話はない。授業が終わっても連れ立って帰るものなどほとんどいない。それでも彼らは大して休みもせずにここにやってくる。その理由を僕はミカちゃんに聞いてみたことがある。それを楽しんでいるようには決して見えないのだが、どうして君らはここに通ってくるのかと。

「私の場合、まず一つは」とミカちゃんは言った。「それで親が安心するから、だね。別に親に心配かけたいわけじゃないから。それで親が納得するなら、まあ、いいかって」

「ふむ。他には？」

「誰も楽しもうとしてないから、かな」

「うん？」

「学校だとウザイじゃない？　仲良しグループがあって、便所友達がいて、友情を押しつけたり押しつけられたりしてさ。それって、学校生活を楽しもうとするからだと思うわけね。でも、ここじゃ、放っておいてくれる。どうせ楽しくないんだから、無理に楽しもうとするほうがおかしいのよ。ここの連中はその理屈をわかってる。遊ぶときは、遊びたい人と、遊びたいとこで遊ぶよ」

「つまり、我慢してるってこと？」

ミカちゃんはちょっと呆《あき》れたように口を尖《とが》らせて僕を見た。

「当たり前でしょ？　他に何だと思ってるのよ」

他に何だと思っていたんだろう？

我慢している二十二人の中学生たちを僕はまた見回した。互いに置いている微妙な距離に変な緊張感が感じられた。それ以上近づけば何かよくないことが起きる、と彼らは考えているようだったし、それは正しいように僕にも思えた。渡さんは机の間を一定のペースで歩き回っていた。わからないところがあれば質問するように、と授業の始まりに渡さんは必ずそう言う。けれど、生徒たちが渡さんに質問することはない。少なくとも僕は見たことがない。それでも渡さんは、授業の時間中、辛抱強く机の間を行き来する。生徒たちはそんな渡さんを無視する。一番後ろの席に座っている間宮さんも、扉近くで壁に寄りかかっている僕も無視される。いや。そういう言い方すら正しくはない。努めて無視するのではなく、彼らはそこに僕らがいることなどハナから気にも留めていない。僕らの独り善がりな根競べが午後の三時まで続く。

三時になると、岩波文庫を読んでいた男の子がパタンと本を閉じた。それが決められた合図だったように、みんなが各々に帰り支度を始めた。本をカバンの中にしまった男の子は、黙って立ち上がり、教室を出て行った。ホームのベンチから立ち上がり、やってきた電車に乗り込むような感じだった。「さようなら」も、「また今度」もなかった。遠慮でも無愛想でもない。それを言う必要性すら感じていないのだ。電車を待っていた乗客がホームのゴミ箱に挨拶《あいさつ》をしないのと同じように、彼は僕に挨拶をせずに教室を出て行った。それは他の生徒たちも同じだった。僕は最終電車を見送る寂れた駅の寂れたゴミ箱みたいな気分で、次々と出て行く彼らを見送った。

「じゃね。あとで電話入れる」

今日はミカちゃんだけが僕に声をかけて教室を出て行った。渡さんはそんな僕らの様子を微笑ましげに見ていた。

「私たちの尺度で測ってはいけません」と、これも渡さんの口癖だ。

いつもの口癖を口にしながら、渡さんは生徒たちが使った机と椅子を並べ直し始めた。僕と間宮さんもそれを手伝った。

「焦ることはないんです。一年、二年は無駄にしたっていいんです。彼らは十分に若いんですから」

モップで簡単に掃除をすると、僕らは教室を出た。L字形の廊下を曲がる寸前、ふと誰かに見られているような気がして、僕は突き当たりにある窓を見た。雑居ビルの二階の窓からは、外を望めなかった。窓はただ、蛍光灯に照らされた廊下の長椅子を映していた。僕はうんざりしながら廊下を曲がり、そこにある長椅子に目を向けた。男が座っていた。生徒を待っている父兄だとでも思ったのか、渡さんと間宮さんは男に何の注意も払わずにその前を素通りして、講師室へと入って行った。一瞬足を止めたが、僕も二人のあとに続こうとした。

「お父上は」

僕が目の前を通り過ぎるそのタイミングを待って、男が口を開いた。

「お気の毒でしたね」

僕は男を振り返った。僕の視線を知りながら、男は組んだ足の先に手を伸ばし、あたかもそこに埃《ほこり》でもついているかのように、スラックスの裾《すそ》を二度払った。

「何ですって？」と僕は聞き返した。

「別に」と男は平然と僕を見返した。「ただのお悔やみです。お父上はお気の毒でしたね」

男の名前を思い出そうとしたが、無理だった。改めて聞き直す気にもなれなかった。

「あなたは」と僕は仕方なく言った。「父を知っているんですか？」

「残念ながら、直接のご面識は頂いておりません」と男は微笑んだ。「お父上の起こされた事件は取材しなかったものですから」

いやあ、驚きました。

手を頭の後ろで組み、独り言のように呟《つぶや》いた男は、やはり独り言のように続けた。

「笠井のもとを訪ねた若者を調べてみたら、彼は五年前に自分の妻を殺した殺人犯の息子だった。つまり彼は、自分の母親を自分の父親に殺されているわけです。しかも、その父親は犯行直後に自殺している。いや、まったく驚かされました。いったい、何がどうなってるのか」

「父の事件と、教授の事件は関係ありませんよ」

「そうでしょうか？」

男は聞き返した。

「ええ」

「だとするなら」と男は言った。「あなたはよほど殺人犯に縁があることになりますね。殺人犯など、普通の人は一生の間にそうそう巡り合うものではないですよ。羨《うらや》ましい限りです。いや、失礼」

男は笑った。

「私なんかは、身近に一人でも殺人犯がいてくれれば、じっくり取材ができてありがたいと思ってしまうので」

「殺人犯、殺人犯と先ほどからおっしゃいますが」と僕は言った。「なるほど、父は殺人犯でしょう。が、笠井教授は殺人犯じゃない。仮に教授が人を死に至らしめていたとしても、それだけで殺人犯と表現するのは慎むべきでしょう？　あなたのように言葉を仕事にしている方なら尚更《なおさら》に」

「そう」と男はひとさし指を立て、まさに、と言いながらそれで何度も僕を差した。「まさにそこです。人を殺したイコール殺人犯ではありません。それはそうです。過失致死もあれば、傷害致死もある。自殺幇助《ほうじょ》もあれば、受託殺人もあります。ですが」

何度目かに僕を差した指が、差したところでぴたりと止まった。

「ですが今回の事件。私は殺人事件だと思っています。尊厳死も安楽死も関係ありません。あれは、百パーセント生粋の殺人事件だ。それが私の意見です」

「わかりませんね」と僕は言った。「いったい何を根拠にそこまで断定するんです？」

男は何かを探るようにしばらく僕の顔を見ていた。

「私は昨日」と男は言った。「その取材です。「埼玉にいました。志木《しき》市。ご存じですか？　あそこで殺人事件がありましてね。その取材です。犯人は二十歳の専門学校生。殺されたのはそいつと高校で同級だった女の子です。別れ話がもつれたらしいんですね。被害者のほうはとっくに別れたつもりであったのが、男のほうが諦《あきら》めてなかった。しつこく彼女をつけ回した挙句、それでも相手にされないと知ると、ナイフで」

男は指で自分の喉《のど》に線を引いた。

「発見されたとき、男は女の死体の隣に添い寝して、髪を愛《いと》しそうに撫《な》でていたらしいですよ。被害者の血で血まみれになりながらね。気色悪いでしょ？　発見されたのは早朝でね。犬の散歩をしていた老人が見つけたらしいんですが、それ以来、なま物が食えなくなったと言ってましたよ。こう、喉がね、もう一つ口があるみたいにぱっくりと割れてて。強烈だったんでしょうね」

「それが、何なんです？」

「彼は殺人犯だ。そうですよね？」

「そうでしょうね」

「それと同じ意味で、笠井も殺人犯だと私は思っているんですよ。みんなが彼の肩書きに惑わされている。医大の教授。脳神経学の権威。だから何です？　教授だって、権威だって、その専門学校生と同じ人間ですよ。専門学校生が人を殺すことがあるのなら、彼が人を殺したってちっともおかしくはない。そしてそういう目で見るのなら、あれはごく単純な、ありふれた、殺人事件です。客観的に状況を見るのなら、他に解釈のしょうなどあり得るはずがないんです。そうでしょ?」

「仮にそうだとするのなら」と僕は言った。「なぜなんです? なぜ、笠井教授はその患者を殺さなければならなかったんです? 笠井教授がその患者にふられたとでも?」

男は声を立てて笑った。ハハハハハ、と書かれた文字を読み上げるような笑い方だった。

「なるほど。その可能性もありますか。それなら面白い記事になるんですがね」

機械的にしばらく笑った男は、機械的にぴたりと笑い声を止めた。

「ええ。私にもそれがわからないんですよ。ですから、こうして参上しました。教えてもらえませんか? 笠井は、なぜあの女性を殺したんです?」

「呆《あき》れましたね」と僕は言った。「動機もわからずに教授を殺人犯呼ばわりするわけですか」

「動機は」と男は言った。「何処かにあるはずです。必ずある。まだ見えていないだけです」

「まだ見えていない」と僕は笑った。「ねえ、あなたが殺人犯だと言っているのは、笠井教授ですよ。職業人としてだけでない。学者としてだけでもない。一人の人間としても圧倒的な尊敬を得ていた、十分過ぎるほど分別をわきまえた、しかも社会的にも経済的にも申し分のない環境に暮らしていた人が、それでも、明確な意思を持って人を殺したと言うのなら、そこには強烈な動機があったはずです。圧倒的に強烈な動機が。それが、見えていない？」

「お説はごもっとも」と男は言い、立ち上がった。「今日のところは出直しましょう。またお伺いすることになると思います」

一緒に踊ってくれた女性にダンスの礼をするかのように長身をさらりと折り曲げて、男は外階段につながる扉のほうへと歩いて行った。小学生の部も終わったのだろう。ぱらぱらとやってきた生徒たちが、男を追い抜いて、その扉から出て行った。

「どうしたの？」

生徒たちに混じってやってきた熊谷は、僕の視線を追って扉を見遣《みや》った。

「どうもしないよ」と僕は言った。「何でもない」

「大丈夫？」

熊谷は心配そうに僕の顔を覗《のぞ》き込んだ。

「何が？」

「ここ。皺《しわ》が寄ってる」

熊谷はそこを均《なら》すように、僕の眉間《みけん》を指でさすった。

「ああ」と僕は笑った。「大丈夫だよ」

教室から酒井くんと工藤さんも出てきて、熊谷は慌てて手を引っ込めた。たぶん、工藤さんは僕と熊谷との関係に気づいているのだろう。にやにやと笑いながらさり気なく、だけどすごい力で、僕の肩を小突いた。

四人で連れ立って講師室に戻りながら、僕は父のことを思い出していた。

「決して使うな」

電話で、父はそう言い残した。

「それは呪いなんだよ。今になってみれば、よくわかる。呪いなんだ。だから……」

思えば、それが父の最後の言葉だった。

「だから、決して使うな」

駅のホームらしかった。下りの列車が入ってくるというアナウンスが聞こえた。僕は何かを言おうとした。何か言い忘れたことがあるような気がした。けれど、僕が言葉を発する前に、父は電話を切っていた。あのとき父に何を言えばよかったのか、僕はいまだにわからずにいた。

3

ミカちゃんが指定したカフェは、夜中だというのに客で溢《あふ》れていた。コンクリートが剝《む》き出しになった壁にいくつかのリトグラフがかけられ、そこだけが照らされるようにライトが当てられていた。リトグラフはすべて裸の黒人女性をモチーフにしていた。何人もの裸の黒人女性が浮かび上がる狭い空間の中、三十年ほど前のラブソングが大音量で鳴らされていた。僕は安っぽいプラスチックの椅子に腰を落ち着けて、水っぽいアイスコーヒーをすすっていた。午前零時前。渋谷《しぶや》や新宿からの帰りなのか、あるいは今から繰り出すのか、店の客の大半は十代の半ばに見えた。彼らは一様に退屈そうな顔で、喋《しゃべ》り、笑い、煙草を吸ったり、ビールを飲んだり、女の子を口説いたり、男の子に口説かれたりしていた。曲が変わる合間には、あちこちで奏でられる携帯電話の珍妙なメロディが耳にできた。

僕はその年頃の自分を思い起こしてみた。カッコだけを気にしていることと、それでもうまくカッコをつけられずにいることとは似ている気がしたが、彼らはその頃の僕より退屈そうで、不幸そうだった。そう見えるように振舞う権利が自分たちにはあるという確固たる信念を持っているかのように見えた。

「ここ、空いてる?」

背後から声をかけられて、僕は振り返った。僕の耳元で叫んだ女の子は、ライムの入ったコロナビールの瓶を持った手で、僕の前の席を差した。その入念な化粧が、彼女にとって成功なのか失敗なのか、僕にはよくわからなかった。青と白で縁取られた目が、彼女をどこか滑稽《こっけい》に、それと同じくらい寂しげに見せていた。目元にちりばめられたラメが、乾きたての涙のあとのように見えた。

「悪いけど、人が来る。待ち合わせてるんだ」

口元に寄せられた彼女の耳に僕は怒鳴り返した。つかの間見せた傷ついたような表情を彼女はすぐに消した。

「そっか。じゃ、またね」

女の子はさっさと僕に背を向けると、三つ向こうの席にいた二人組の男の子に声をかけた。今度は話がまとまったらしい。男の子の一人が体を寄せて、彼女のために場所を作った。彼女はそこに体を滑り込ませた。彼女の体はそこにぴったりと収まった。彼女を交えた三人の姿は、まるで十年ぶりに出会った幼馴染《おさななじみ》同士の邂逅《かいこう》みたいだった。無防備で、けれどどこかがちぐはぐで、楽しそうに見えて、脆《もろ》そうだった。

ふと、外の風が吹き込んできた。僕は入り口に目をやった。ちょうど曲が途切れたときだったからだろう。ギィという扉の開く音が妙に店内に響いてしまい、入り口の扉を店の客の何人かが見遣ることになった。鉄の扉を体で押し開けた女の子は、自分に注がれているいくつもの視線に一瞬たじろいだようだが、すぐに気を取り直したようにぐるりと店内を見渡した。入り口に向けられた視線の大半は逸《そ》らされなかった。綺麗《きれい》、と言っては語弊があるのだろう。つんと澄ましたような鼻、とがった顎《あご》、男の子のように短過ぎる髪。少し吊《つ》り上がった二重の大きな目は、生まれたての肉食獣を思わせた。彼女を構成するパーツのすべては鋭角的に過ぎたし、攻撃的に過ぎた。飾り気もない。デニム地のシャツに少しサイズの大きそうなくたびれたジーンズに薄汚れたスニーカー。およそ人の目を意識した姿ではなかった。それでも彼女には捕らえた視線を逸らさせない力があった。それは吸引力より反発力かもしれない。自分と自分以外のものを区別しようとする意思が、まるで目に見えるオーラになったかのように小さな彼女の体全体を取り囲んでいた。好意というよりは好奇に注がれているいくつかの視線を受け止めたまま、彼女が滝壺《たきつぼ》めがけて崖《がけ》から飛び下りるように一度深く息を吸うのがわかった。肩が一度、大きく上がった。店内に足を踏み入れてきた彼女は、そのまま真っ直ぐに僕のもとにやってきた。

「あんたが柳瀬?」

睨《にら》み付けるように僕を見て、彼女は聞いた。彼女が僕の待ち合わせた相手らしかった。

「そうだけど」と彼女のその存在感に少し気圧《けお》されながら僕は言った。「でもどうしてわかった?」

僕の言葉の半分は、再び鳴り出した音楽にかき消された。前の席に座った彼女に、僕は身を乗り出して聞き直した。

「どうしてわかった?」

「あんただけが浮いてる」

彼女が怒鳴り返した。店内を見回して、僕は一つ頷《うなず》いた。

「何か飲む?」

テーブルに肘《ひじ》をついたまま僕は聞いた。

「水」と、やはり肘をついた姿勢で彼女が答えた。

僕は席を立ち、店の奥にあるカウンターへ行った。カウンターの中の男の子は、四百円と引き換えにミネラルウォーターを氷の入ったグラスに注いだ。ヒステリックなほど入念に焼かれた黒い顔に真っ白の髪をしていた。耳と鼻と唇には、いくつかの銀色のピアスが通されていた。日本人以外のものになれるなら何だって構わないと彼は考えているようだったし、実際、彼は日本人に見えなかった。人間にすら見えなかった。神様か、遺伝子工学か、環境汚染か、どこかのレベルの何かの手違いで生まれた新種の生き物に見えた。

「ありがとう」

グラスを受け取って僕が言うと、彼は日本語がわからないというように肩をすくめてみせた。僕はグラスを持って、席に戻った。彼女はそこに置かれた彫像のように椅子に座っていた。音楽に合わせて体を揺らしてもいなかったし、他の客を見渡したりもしていなかった。店と自分とは無関係であるかのような顔でしっかりと前を向いていた。

「ありがと」

僕がグラスをテーブルに置くと、彼女の口がそう動いた。確かタケガミさんという名前だった。翠川女子学院での立花サクラの友達のはずだった。

「アタシの知っているうちの一人が立花サクラと友達だったんだけど、でも、あんま期待しないでね」

夜の九時過ぎに僕の部屋に電話してきたミカちゃんはそう言った。

「立花サクラって基本的に友達のいない子らしいの。その子にしたって、クラスが一緒で前の席に座ってるっていう、ほとんどそれだけみたいなもんらしいから」

「タケガミさんは」と僕は言った。「立花さんと親しいって？」

水を一口飲んで、彼女は頷いた。

まずい。

唇がそう動いた。それが匂いでもするかのように、彼女はグラスを自分から少し離してテーブルに置いた。

「立花さんってどんな子？」

「その前に」

彼女は広げた右手を僕に向けた。

「あんたは何なの？　どこの誰とも知らない人に友達のことをペラペラ喋るわけにもいかない」

「それはそうだ」と言って、僕は少し考えた。嘘をつくことだってできたが、なぜかためらわれた。それは、彼女が身にまとう張りつめた空気のせいかもしれない。僕は彼女が押しやったグラスを見た。僕のつく嘘など、すべて見破られそうな気がした。そして一度それがばれたら、彼女は二度と口を開かずに、黙って店を出て行くだろう。そんな気がした。

「ある人に頼まれたんだ」と僕は言葉を選びながら、慎重に言った。「その人は立花さんのことをすごく心配している。母親が死んで、まだ間もないしね。それでもある事情があって、その人は、直接、彼女に関わるわけにはいかないんだ」

彼女は胡散臭《うさん》そうに僕を見た。無理もなかった。喋っている僕自身でさえ胡散臭い話だと思った。

「頼まれたって、何を？」

彼女に言われて、僕は言葉につまった。いったい、何を頼まれたのか、僕にだってよくわかっていなかった。

「何をっていうことじゃなく、つまり、彼女の力になるよう頼まれたんだ」

「力に？」

「そう。力に」

ふん、と鼻を鳴らして、彼女は横を向いた。そのまま憎々しげに吐き出した。

「笠井ね」

「え？」

彼女が僕に向き直った。

「笠井先生でしょ？」

「あ、うん。そう。でも……」

「私に構うな。そうあの爺《じい》さんに伝えといて」

そいじゃ。

彼女はひらりと手を振って、席を立った。

あの子が、立花サクラ？

どこで手違いが起こったのかは知らないが、そういうことらしい。僕がそれに気づいたときには、彼女はすたすたとフロアーを横切り、すでに扉に手をかけていた。僕は慌ててあとを追った。

彼女には、店を出てすぐのところで追いついた。ぴんと背筋を伸ばして、大股《おおまた》に歩く彼女の肩に僕は手を置いた。

「ちょっと待った」

振り向いた彼女は無表情に僕を見遣《みや》った。僕は息を整えるふりをしながら、何を言うべきかを考えた。

「君が、立花サクラちゃん？」

確認した僕に彼女は顔をしかめた。

「ちゃんはいらない。馬鹿にされてる気がする」

「あ、うん。馬鹿にしたつもりはないけど、それがいいならそうする。とにかく、君が立花サクラなんだね？」

彼女は頷いた。表情に動きはなかった。無表情がどんな表情よりも雄弁に彼女の心境を伝えていた。私に構うな。そう言っていた。店にいたときは自分を取り囲むすべてに向けられていたエネルギーが、今は僕一人に向けられていた。私とあんたとは無関係だ。彼女は全身のエネルギーで僕を拒絶していた。萎《な》えそうになる気持ちを僕は何とか奮い立たせた。

「ええと、どういうことだろう？　僕は君の友達と待ち合わせたつもりだったんだけど」

「タケガミでしょ。青井ミカって子に頼まれたんだって？　話は聞いた。面倒だから、私が、直接、来た」

それで何か文句があるか、というような目で立花サクラは僕を見た。電車が着いたのだろう。駅の方向からやってきた人たちがぱらぱらと僕らの脇を通り過ぎて行った。僕は腕時計に目をやった。上りも下りも、あと二十分もすれば終電が出る時間だった。僕は彼女を促すと、歩道の端に寄ってガードレールに腰を預けた。少し迷ったあと、それで話がつくなら仕方がないという感じでため息をつくと、彼女は僕の隣に並んで立った。

「つまり君が立花サクラ本人で、特に何にも困っていなくて、だから僕に構われるのは迷惑だと、そういうこと？」

「完璧《かんぺき》にその通り」と立花サクラは言った。

そう言われてしまえば、それはもちろん、それだけの話だった。けれど、まさかこれだけで引き下がるわけにもいかなかった。目の前で深々と下げられた白髪の頭を僕は思い出した。

「自分で言うのも何だけど、それほど悪い人じゃない」と僕は言ってみた。それ以上の売り文句を考えてみたが、中学生の女の子に訴えかけられるような取り柄は特になかった。「取り立てて何かの役に立つってわけでもないけど、付きまとわれて困るっていうタイプでもない。よく躾《しつ》けられた雑種犬くらいに思ってくれればいい」

「そういう問題じゃない」と立花サクラは言った。「私にはあなたに構われる理由がないし、力になってもらう理由もない」

無理もなかった。どう考えても、彼女の言い分のほうが筋が通っていた。彼女は真っ直ぐに僕を見ていた。感情を揺るがすまいとする気迫が、逆に強い波長となって彼女の感情を揺らしていた。僕にはその波長を感じることができた。

やるか？

ちらりと脳裏に浮かんだ思いは誰のものだったのか。抵抗する間もなかった。その思いが脳裏に浮かんだ次の瞬間には僕の波長がシンクロを始めていた。

いけない……

抗《あらが》おうとする僕の意思をそれよりも強い何かの意思が抑えつけていた。世界から僕らだけが遮断される。光も音も匂いも、僕らを取り巻くすべてのものが一つ遠のく。遮断された小さな箱の中に僕と彼女だけが閉じ込められる。僕の波長と彼女の波長。接した二つの異界が境界に向けてなだらかに滑り落ちる。彼女は焦点の合わない視線で、惚《ほう》けたように僕を見ていた。僕と彼女しかいない小さな箱の中で、僕の意思だけがふつりと消える。真空になったその場所に彼女の波長が雪崩《なだ》れ込んでくる。主に去られた僕の波長が主を求めて触手を伸ばす。触手が彼女の波長を捕まえる。僕の波長が彼女の波長を真似る。彼女の波長が僕の波長を誘《いざな》う。そして……

「よお。大丈夫か？」

誰かが僕と彼女の間に入った。何も答えない彼女に、白いTシャツの背中が僕を振り返った。さっきの店にいた客の一人だった。入り口近くの席にいて、入ってきた彼女をどこか物欲しそうな目で見つめていたその顔を覚えていた。

「絡まれてる、わけじゃなさそうか」

彼は僕と彼女を見比べて、少し気弱そうな笑みを見せた。

「何か揉《も》めてんのか？」

「違う」と彼女が言った。「大丈夫。ありがと」

「ならいいんだ」

それでも何か言葉を期待するように彼はしばらくその場にたたずんでいたが、彼女のほうは彼に一瞥《いちべつ》もくれなかった。じっと僕を睨《にら》みつけていた。

「そんじゃな」

諦《あきら》めたらしい。彼は殊更そっけなく響くようにそう言うと、駅のほうへ向かって歩いて行った。彼女はその背を見送りすらしなかった。ただ深い息を一つ吐いた。

「ねえ」とその深い息とともに彼女は言った。「あんた、今、私に何をした？」

「今？」と僕は咄嗟《とっさ》にとぼけた。

「誤魔化さないで」

彼女はぴしゃりと言った。

「何かしたでしょ？　今、私に。催眠術かなんか？」

彼女は確信をもってそう言った。かつて、それを感じることができた人などいなかった。僕の波長は、相手が気づかぬうちに相手の波長を搦《から》め捕り、シンクロし、離れる。それが普通だった。けれど、彼女は確信をもってそれを感じていた。

「そんな上等なものじゃない」と僕は仕方なく言った。「説明すると長くなる。終電はなくなる。今度、ゆっくり説明するよ」

浮かんでいた訝《いぶか》しそうな表情すら見せたくなかったらしい。彼女はすぐに前の無表情さを取り戻した。

「とにかく、私は帰る」

立花サクラはそう言い捨てると、駅のほうへ歩き出した。

「あ、ねえ」と僕はその背に声をかけた。「また、連絡してもいいかな。一度、ゆっくり話がしたいんだ」

立花サクラは足を止め、僕を振り返った。値踏みするようにしばらく僕を眺め、それから本当にどうでもよさそうに言った。

「好きにしたら」

に向かって歩き出した。

「そうする」と僕は言った。「約束する」

にこやかに手を振った僕を馬鹿にしたように一瞥してから、立花サクラは今度こそ駅に向かって歩き出した。

走り去るタクシーを見送ると、熊谷はつっかけたサンダルをからから鳴らしながらマンションへと戻り始めた。五、六歩行ったところで足を止める。

「どうかした?」

振り返った熊谷はきょとんと僕を見て、言った。

「いや、いいのかなと思って」

「何が?」

「だから、その、泊まっていって」

「そのつもりで来たんじゃないの?」

最初はそのつもりではなかった。立花サクラと別れたあと、最終の電車に駆け込んだところまではよかったものの、乗り継ぎの電車がすでになくなっていた。手持ちの金が足りないことはわかっていたが、部屋に戻ってから払うつもりで、タクシーを捕まえた。乗り込んでから五分後に、三日前にガス代と電気代と電話代をまとめて払ったことを思い出した。とりあえずの質草を探してみたが、タクシーの運転手が納得しそうなものは身につけていなかった。僕は行き先を熊谷の住むマンションに切り替えた。そこで金を借りて、自分のアパートに戻るつもりだった。が、オートロックになっている自動ドアの前のインターフォンで僕がそのことを告げると、熊谷は財布を持って部屋から下りてきて、僕と一緒にタクシーまで取って返し、僕が何かを言う前にさっさと車を追い払ってしまった。

「うん。実はそのつもりだった」と僕は言った。

照れたように笑った熊谷は、僕のところまで戻ってくると、一度体をぶつけてから僕の腕を取った。

ワンルームばかりが入っている六階建てマンションの最上階に熊谷は住んでいる。僕がそこへ足を踏み入れるのは、月に一度もない。だいたいは熊谷が僕のアパートに泊まりにくる。どう考えても、僕の住む安アパートよりは熊谷のマンションのほうが居心地も寝心地もいいと思うのだが、熊谷は何かと理由をつけて僕の部屋へと来たがる。僕の部屋を見たがっているというより、自分の部屋に頻繁に僕を招くことを避けているように僕には思える。

「うん？」とキッチンに立った熊谷が聞いた。

「うん、って？」とフローリングの部屋をぐるりと見渡していた僕は聞き返した。

「今更、じろじろ見るものもないでしょ。座っててよ」

「ああ」

僕は頷《うなず》いて、ローテーブルの前にあるクッションに腰を下ろした。今更、じろじろ見るものなど確かにない。殺風景な部屋だ。本棚にある心理学関係の本と壁に貼られているる講義の時間割を見れば、この部屋の主が大学生であることくらいは想像がつく。けれど、それ以上の特定は難しい。人形もない。ポスターもない。カーテンも、ベッドにかけられたシーツも無地。ざっと見渡しただけでどちらかに賭《か》けろと言われたら、僕は部屋の主が男であるほうに賭けてしまうだろう。

「砂糖、なしでいいよね？」

熊谷はコーヒーカップを二つ持って、僕の向かいに腰を下ろした。僕がコーヒーはブラックで飲むことを熊谷は知っている。熊谷がコーヒーにはミルクだけを入れることを僕は知っている。僕が辛いものと高い場所が苦手なことを熊谷は知っているし、熊谷がぬるいお風呂《ふろ》と朝寝坊が好きなことを僕は知っている。子供のときに木から落ちて作った僕の脇腹にある古い傷痕《きずあと》を熊谷は見ているし、熊谷のお尻《しり》にある白鳥座みたいな形に並んだ黒子《ほくろ》を僕は見ている。それでも僕は僕らの関係に割り切れないものを感じてしまう。今、誰かがこの場にいて、お前たちは恋人なのか、と面と向かって聞いたとしたなら、僕は曖昧《あいまい》に笑いながら首をひねって、熊谷に答えを預けるだろう。熊谷も同じ表情で僕を見返すような気がする。

「それで？」

ミルクの入ったコーヒーを一口飲んで、熊谷は聞いた。

「うん？」

「今日はどうしたの？」

「人と会ってて、終電がなくなっちゃったんだ」

「人？」

「女の子」

「可愛い子？」

「まあまあ、かな」

よしよし、と頷いて、熊谷は笑った。

「よしよし？」

「可愛くもない女の子と話し込んで終電を逃すような間抜けは、うちに泊めたくない」

「なるほど」と僕は頷いた。

育ちの良さそうな子だ、というのが、僕が熊谷に抱いた最初の印象だった。その印象は今も変わらない。感情をさらけ出さない。何も押しつけてこない。馬鹿笑いする熊谷も、さめざめと泣く熊谷も、僕は想像できない。

「突然で悪かったね。こっちは明日《あした》は休みだけど、熊谷は明日も早いんだろ？」

「一限の社会関係学はね。出る」

熊谷が通う大学を考えれば、大概の学習塾で講師をする資格があると思うのだが、熊谷は時間割をやりくりしながら週に三日をアフィニティー学院で働いている。時給の面でも、仕事の内容においても、決して報われているとは言えない条件で、それでもなぜ働き続けているのか、僕にはよくわからない。一度聞いてみたら、「柳瀬さんがいるから」と冗談で誤魔化された。

「どうしたの？」

問いかけられて見返すと、カップを口元に構え、少し上目遣いになって、熊谷が僕の表情を覗《のぞ》いていた。

「うん？」

「何を考えてる？」

改めて聞き直すほどの質問でもなく、僕は口籠《くちご》もった。

「その女の子のこと？」

「ああ。うん。そう」と僕は言った。「十四歳の女の子でね。人に頼まれたんだ。ちょっと関わることになると思う」

「珍しいね」

「何が？」

「柳瀬さんが積極的に人と関わるって、そういうイメージがなかったから」

「そうかな？」

「どうかな。わかんない。まだ付き合って半年だから、私だって柳瀬さんのこと、全部知ってるわけじゃないし」

「断れない人からの頼みだったんだ。前に通っていた大学の教授」

「そう」と熊谷は頷いた。「お世話になった人なんだね」

「いや。そういうわけでもないかな」と僕は言った。「授業に出たことは六回しかない。それ以外の接点は何もない」

「それなら、どうして？」

それなら、どうしてだろう、と僕は考えた。思えば、僕が教授の頼みを引き受けなければならない謂《いわ》れなど何もないはずだった。それと同じくらい、教授が僕を信用する根拠もないはずだった。それでも教授は僕に頭を下げ、僕はそれを受け入れた。それは、たぶん……

「たぶん、行動規範が似てるからだと思う」と僕は言った。「ある種の条件のもとでは、決められた行動しか取れない。光を見つけた蛾みたいにね。そういうタイプの人間なんだ。その教授も、たぶん僕も。だから、ある種の条件のもとでなら、お互いの決断を絶対的に信頼できる。たぶん、そういうことなんだと思う」

熊谷はそのことについてしばらく考えているようだった。壁にかかった時計がコチコチと秒針を動かしていた。

「よくわかんないな」と、やがて熊谷は言った。

「そうだね」と僕も頷いた。

熊谷がもっと詳しい説明を望んでいるのは僕にだってわかった。が、うまい言葉を見つけられない以上、その先を説明しようと思えば、すべてを話すしかない。僕がなぜ医大に通うようになったか。なぜ辞めたのか。当然、父と母の話も避けては通れない。僕が父から受け継いだ資質の話も。

僕はコーヒーカップに目線を落とし、そのことについて考えてみた。すべてを話してしまえば、僕は楽になるのかもしれない。けれど、熊谷には迷惑なだけだろう。二十歳の女子大生に、殺人の話などそぐわない。ましてや父親に母親を殺された男の話など、聞きたいわけがない。

黙って僕を見つめていた熊谷は、コチコチという音に釣られたように時計に目をやった。一時二十分を差していた。話さないと決めた僕の心情を察したのだろう。熊谷は先回りして自分から話を打ち切った。

「明日早いんだった。もう寝よ」

熊谷はいつも、体を丸めて、僕の脇の下に潜り込むようにして眠る。接した熊谷の体は、温かく、柔らかい。抱いていながら、僕は逆に熊谷に包まれているような錯覚を覚える。その錯覚はいつも、すべてを話してしまいたくなる衝動を連れてくる。その温《ぬく》もりの中でなら、すべてが許されるような気がする。

ねえ、熊谷。今まで話してなかったけど、僕の父親は殺人犯なんだ。自分の妻を、だからつまり、僕の母親を殺したんだ。うん。何て言うか、僕の父は、つまり、特殊だったんだ。特殊な資質を持っていた。その資質のせいで、僕の父は母を殺してしまった。そしてその資質を僕も受け継いでいる。ずっと前から受け継がれてきたんだ。コントロールはできているつもりだけど、時々暴走する。今日もそうなりかけたしね。だから、ねえ、熊谷。僕はいつか君を殺してしまうかもしれない。それでも君はこんな風に寝てくれるのかな？　おでこをくっつけて僕に包まれるように、それでいて僕を包み込むように、こんな風に、ねえ、熊谷……

「ねえ、熊谷」

「うん？」

「眠れそう？」

「うん。柳瀬さんがおならをしない限り」

「気をつける」

「うん」

何度も彼女の落ち度ではないと諭したのだが、ミカちゃんは中々納得しなかった。

「ホンットにごめん。あのバカ、タケガミっていうんだけど、本当にバカなのよ。アタシとの電話を切った、その次にはもう、立花サクラに電話してたらしいの。立花サクラのことを知ってるって言っちゃった手前、もうちょっと立花サクラのことをリサーチしようとしたらしいのね。で、色々質問して、そりゃ立花サクラだって怪しむよね。どういうことだって突っ込まれて、喋《しゃべ》っちゃったらしいのよ。完全にアタシの人選ミス。バカはバカだと思ったけど、あんなにバカだとは思わなかった。ホンットごめん」

猛然と謝るミカちゃんに遠慮して控えていたウェイトレスは、ミカちゃんが一息ついたのを機に、僕の前にコーヒーを、ミカちゃんの前にパフェを置いていった。

「いいよ。とにかく、取っかかりができればそれでよかったんだ。かえって手間が省けたようなもんさ」

「ホントに？」

「ホント、ホント」

「それじゃさあ」と柄の長いスプーンを手にしたミカちゃんは、その先を口にくわえて言った。「いいのかな、ここ。奢《おご》ってもらっちゃって」

「いいよ」と僕は笑った。「最初からそう言ってる」

「助かった」

食後のパフェに取りかかりながら、ミカちゃんは言った。

「実は、今、貧乏どん底なのよね。手持ちのお金、六十八円しかないの。電車代もなかったもん」

「なかった？」

僕は驚いて聞き返した。時間は午後六時前。僕は休みだったが、ミカちゃんはアフィニティー学院へ行ったのだろう。学院からここまで、歩けるわけない。原理的にできないことはないだろうが、午後の六時に来られるわけはない。

「それじゃ、ここまで、どうやってきたんだ？」

「簡単よ。改札の前でね、自分が行きたいのと反対側にじっと耳を澄ますの」

「うん」

「電車の音が聞こえてきて、ブレーキの音が聞こえたら、それが合図ね。ひらりと自動改札を乗り越えて、階段をダッシュ」

「ほう」

「降りるときは泣くのよ。改札でね、泣きながら、切符をなくしちゃいましたって。きっとお金を払いに戻ってきますから。住所と電話番号を書き置いて行きますからって。大概は、まあ、今回はいいよ、次からは気をつけなさいとか何とか、偉そうな顔で言われて終わるよ」

「大概は、ということは、必ずしも珍しい体験ではないわけだ」

「知らないの？　人生って綱渡りなのよ」

嬉《うれ》しそうにスプーンの先を舐《な》めるミカちゃんの顔は、そのメイクさえ考慮に入れなければ、普通の中学生たちと何ら変わりなく見える。背伸びもしてなければ、斜に構えている風もない。何だってこんな子が問題児としてアフィニティー学院に通ってくるのか、何だって普通の学校にはこの子の居場所すらないのか、いったい普通の学校に通っている普通の子とはどんな子なのか、僕はよくわからなくなる。

「でも、なあ、前々から一度言っておこうと思ってたんだけど」

手にしていたカップを受け皿に戻し、僕は言った。

「綱渡りもいいけど、一応、命綱はつけておいたほうがいい。三十センチの綱渡りのつもりが、落ちてみたら三十メートルだったってことだってある」

「三十メートル」と言って、ミカちゃんは上を見上げた。「落ちるまでどれくらいかかるのかな？」

せいぜい三メートルほどしかないファミリーレストランの天井を見上げて、ミカちゃんは聞いた。

「それまでの人生を悔やむだけの時間はある」と僕も天井を見上げて言った。「でも、それだけの時間しかない。助かる可能性は万に一つもない」

「じゃ、ちょうどいい高さだ」

うん、うん、と頷《うなず》いて、ミカちゃんはさくらんぼを口に放り込んだ。

「なあ、教えて欲しいんだけど」

「うん？」

「僕は新しいバイトを探したほうがいいのかな？」

もごもごとさくらんぼを口の中でもてあそびながらミカちゃんは眉《まゆ》を寄せた。

「何よ、突然」

「たまに自分がとても間違った仕事に就いている気がする。君と話しているときは特に」

「そんなこともないでしょ。結構、うまくやってるよ」

「うん。教室にいるときの柳瀬くん、空気みたいだもん。全然、邪魔臭くない。いてもいなくても、わかんない感じ。あれってすごいと思うな。誰にでもできるってもんじゃないよ」

「そうかな？」

「すごく励みになる」と僕は言った。

「うん。頑張って」

ミカちゃんはにっこりして、さくらんぼの種を吐き出した。

「そんで」

口紅を気にしながら紙ナプキンを唇に押し付けたあと、ミカちゃんは言った。

「どうだった？　立花サクラ」

「ちょっと取っ付きにくいかな」と僕は昨夜のことを思い出しながら言った。「鎧《よろい》をかぶって、剣を構えて、敵がくるのを今か今かって待ってる感じ。あれじゃ、味方がやってきても問答無用で叩《たた》き殺しそうだ。まあ、母親が死んだばっかりだからね。無理もないのかもしれないけど」

ふうん、と鼻を鳴らしたミカちゃんは、隣の椅子に置いていたトートバッグを手にして、中から手帳を取り出した。

「お母さんはピアニストだったんだってね」

「ピアニスト？」

「立花かおり。香りを織る、の、香織ね。昔はCDを何枚か出したこともあるんだって。自主制作みたいなもんだったらしいけど。でも、結局はうまくいかなくて、娘に自分の夢を託したらしいのね。まだ、いるんだね。こういうバカ親。立花サクラは小さい頃からバリバリの英才教育を受けてたみたい。小学校の頃から学校なんかそっちのけで有名な先生のところにレッスンに通わされてたんだって。まあ、親も親なら、それに付き合う子供にも問題あるけどね。それで」

「ちょっと待った」

なおも手帳を読み上げようとするミカちゃんに、僕は口を挟んだ。

「それ、わざわざ調べてくれたのか？」

「そう。バカのタケガミを使って、先生でも同級生でも親でも、とにかく今日中に片っ端から立花サクラのことを聞いておけって」

「悪かったな。そこまでしてもらって」

「違うわよ。保険よ」

「保険？」

「私、六十八円しか持ってないって言わなかった？」

「聞いた」

「だから、もし、奢ってくれないって言われたら、これをネタに取引しようと思って」

「随分、信用されてないんだな」

「命綱つけろって言ったのは誰だっけ？」

「少し意味が違うと思う」

「そうなの？」

「ん。まあ、それはいいや。続けて」

「そんでね、娘のほうはそこそこ才能があったみたいね。偉い先生にも可愛がられたりして、今年の春休みにはヨーロッパに行ってたらしいよ。向こうの良質な音楽を生で聴かせようってことで、偉い先生が連れていったらしい。まあ、本人もそれを鼻にかけているのか何か知らないけど、とにかく学校では友達がいないんだって。一応、通ってはいるみたいだけど、休みと遅刻と早退が多いし、体育なんて全部欠席だって」

「体育？」

「そう。私も笑っちゃったんだけどさ。そのことで、前に一度、みんなの前で先生に怒られたらしいのね。お前は、どうして体育を休むんだって。そしたら立花サクラ、猛然と怒り返したらしいよ。運動して、つき指でもしたらどうするんですか？　一日練習できなければ、それをカバーするのに三日かかるんです。一週間できなければ、三ヶ月かかるんです。先生、責任取ってくれるんですか？」

「ほう」

「それが入学してすぐのときだったんだって。タケガミは、こいつ、キレてると思ったらしいよ。立花サクラって、怒ると血の気が引くらしいのよ。真っ青な顔で先生に怒鳴り返してるのを見て、こういう奴が人を殺すんだろうなって思ったたって。それ以来、体育は全休。先生も黙認してるみたい。友達はいないけど、そういう奴だから苛《いじ》められてもいないみたいだね。一目置かれてるっていうか、避けられてるっていうか」

「そう」

僕は頷いた。ミカちゃんは手帳を見たまま、あれ、と首を傾げた。やがて、ああ、と笑ったミカちゃんは、指先で自分の頭を掻《か》いた。

「何？」と僕は聞いた。

「いや。こいつって、誰かに似てるなあ、と思ったら、アタシだった」

「君に？」

「先生からも友達からもアンタッチャブルってとこがね、少し」

「そうだったのか？」

「若い頃はアタシも滅茶苦茶《めちゃ》したからね」

「まあ、噂は聞いてる」

「お恥ずかしい」

ミカちゃんはからりと笑った。この子が特殊警棒を振り回しながら、大の大人を相手に堂々と喧嘩《けんか》している図を僕はちょっと思い浮かべられない。もしそんなことが本当にあったのだとしたなら、そのときミカちゃんは泣きじゃくっていたのだと思う。怖くて、混乱していて、どうしようもなくて、泣きじゃくりながらその護身道具を振り回していたのだと思う。

「君が立花サクラと似てるとするのなら忠告を一つ」

「何？」

「誰に対してもすぐに身構えるのはやめたほうがいい。君の周りにいるのは敵ばっかりじゃない」

「百人中九十九人は敵よ」とミカちゃんは呆《あき》れたように鼻から息を吐いて、言った。「味方なんて百人に一人しかいない。もっと少ないかもしれない。味方じゃなければ敵と同じでしょ。だから、近づいてくる奴は取りあえず張り倒しておくに限る。万一、それが味方だったら、あとで謝ればいいじゃない。そっちのほうがはるかに効率的だと思わない？」

「それ、本気？」

「本気全開。どうして？」

「僕が中学生の頃って、人類全般に対して、もう少し温かい見方をしてたと思う」

「柳瀬くんが中学生のときって、だって、それ、十年も前の話でしょ？」

「まだ二十一だ」と僕は言った。「いくらなんでも十年ってことはない」

「似たようなもんよ。人類は急速に進化してるんだから」とミカちゃんは言った。「すっごく狂暴な方向にね」

言い終わる前にミカちゃんの携帯が鳴り出した。

「ちょっとごめん」

僕に断ると、ミカちゃんは携帯を耳に当てた。何かを言う相手の言葉が漏れてきたが、何を言っているのかまではわからなかった。けれどそれが何かしらのトラブルであることは判別できた。ミカちゃんの表情が一瞬で変わる。それはもう、普通の中学生の表情ではない。

「うん。わかった。大丈夫だよ。大丈夫」

相手を落ち着かせるように、ミカちゃんはゆっくりと言った。優しく垂れた眉毛《まゆげ》とは裏腹に、その目には攻撃的な光が点《とも》っている。

「今、どこ？　うん。わかる。そこを動かないで。すぐに行くから。え？　うん。大丈夫だよ。ねえ、誰と電話していると思ってるの？　それくらいのこと、何てことない。任せておいて。大丈夫。そこ、絶対動いちゃ駄目だよ。違う、違う。逆だよ。隠れちゃ駄目。とにかく人のいるところにいなさい。うん。それじゃね」

携帯を切ると、ミカちゃんは手帳と携帯をバッグに放り込んで立ち上がった。

「ごめん。行かなきゃ」

「深刻そうだな。大丈夫？」

「大丈夫よ。ただの恋愛トラブルだから。相手がちょっとキレた奴なだけ」

「一緒に行こうか？」

ミカちゃんは笑った。

「柳瀬くんより迫力のある顔した奴なら、百人は知ってる。柳瀬くんみたいな綺麗《きれい》な顔した男を連れてったら逆効果だよ。大丈夫。慣れてるから」

「なあ、さっきも言ったけど」

「命綱でしょ。わかってる」

「ならいい」と言って、僕は財布から千円札を何枚か引き抜いた。「電車代、ないんだろ?」

「サンキュ」

ミカちゃんは一度僕を拝んでからお金を受け取ると、駆け足で店を出て行った。ミカちゃんが背にしていた鏡越しにその姿を見送っていた僕は、その脇にある視線に気づいてため息をついた。その席は僕らが座っていた席からは観葉植物のせいで視界を遮られていた。僕は席を立つと、男の向かいに座った。

「今度はいつからつけていたんです?」

「おや」と男は笑った。「今度はいつから気づかれていたんでしょうか」

「ついさっきですよ」

「私が来たのもついさっきです。偶然ですよ。偶然この店に入ったら、偶然あなたがいた。いや、いや。奇遇ですね」

そう言って男は平然と笑った。その厚かましさにも有効な皮肉がないだろうかと僕が思いを巡らせていると、店のウェイトレスが前の席にあった僕の飲みかけのコーヒーと水を持ってやってきた。

「こちらに移られますか？」

「あ、ええ。すみません」

「どうぞ、ごゆっくり」

プラスチックの円筒に、これも前の席にあった伝票を差し込むと、ウェイトレスは一礼して下がった。男の前には何も置かれていなかった。注文していないわけはないだろうから、すでに食器は下げられたのだろう。ということは、僕が気づくかなり前から、男はここに座っていたことになる。

「僕をつけ回したって、何も出てはきませんよ」

「そうですか？」

「ええ。保証します」

それ以上のコミュニケーションを拒む意思を伝えるために、僕は男から視線を逸《そ》らし、店内を眺めながらコーヒーカップを口に運んだ。同じように男は僕から視線を逸らした。脇を通ったウェイトレスを目で追うようにしながら、男はごく何気ない様子で言った。

「笠井が逮捕されますよ」

僕は思わず男に視線を戻してしまった。

「おそらく一両日中には逮捕されます。確かな筋から聞いた確かな情報です。罪状は殺人」

まあ、当然ですけどね。

今度は別なウェイトレスの動きを目で追いながら、男はつまらなそうに呟《つぶや》いた。

「動機はどうなったんです？」と僕は聞いた。「あったんですか？　教授にその女性を殺す動機が」

「彼らには、動機なんてどうでもいいんですよ」と男は言った。「要は、笠井が殺意をもってその女性を殺そうと何らかの行為をなし、なおかつ、笠井のなした行為とその女性の死との間に因果関係があれば、それでいいんです。それで殺人罪は問題なく成立します。笠井は有罪になりますよ。間違いなくね」

「どれくらいの罪になるんです？」

「笠井がこのままだんまりを続けるのなら、執行猶予は難しいでしょうね」

「実刑？」

「おそらくは。患者の命がどうせ長くは持たなかったであろうこと。それに、これまでの医師としての実績と高齢とを酌量したとしても、三、四年は仕方のないところじゃないですか？」

僕は刑務所に入る教授を想像してみた。力なく落ちた肩と無機質な監獄とがあまりに容易に想像できてしまい、僕は慌てた。

「なぜです？」

男に聞いても無駄だとは知りつつ、僕は聞いていた。

「なぜ、教授は沈黙を続けるんです？」

「隠しておきたい何かがあるのでしょう。嘘というのは、どんなに完璧《かんぺき》についたつもりでも、どこかで綻《ほころ》びが出るものです。隠しておきたいことがあるのなら、沈黙に勝る手段はありません」

「いったい何を？　この期に及んで、いったい何を隠す必要があるんです？」

男だって答えを持ってはいないのだろう。僕らの間にしばらく沈黙が落ちた。やがて、店内にさ迷わせていた視線を僕に戻し、男は話を変えた。

「まあ、それはそれとしても」と男は背もたれに身を預けるようにして、殊更のんびりと言った。「どうです？　一度、お父上の事件のほうを正式にインタビューさせて頂けませんか？」

「はい？」

「こう言ってはなんですが、平凡な事件です。夫が妻を殺して自殺。駆け出しの事件記者が練習に書くには格好の記事です。新聞にすれば十行程度にまとめられてしまうでしょう。ですが、実は今回、取材してみましてね。少々、引っかかるところがあったのも事実です。いったい、そのとき、そこで、何があったのかが、皆目わからない。妻に恋人でもいたのか？　夫が借金でも作ったのか？　一人息子の素行に問題があったのか？　すべてノーです。夫婦仲も円満。家庭にも問題はなし。夫の職場にも問題がない。それなのに、お父上はお母様を殺し、自殺なさった。お父上が自殺したことで、あの事件の捜査は碌《ろく》に行われもしなかった。被疑者死亡で捜査終了。真相は闇の中です。つまるところ、あの事件は何だったのか。そのとき、そこで、何があったのか。その辺りを聞かせてもらえませんか？」

「まったく興味のないお話です」

僕は立ち上がろうとした。男が制した。

「お父上に会ってますね？」

僕は男を見返した。男はいつも通り優雅な笑みを浮かべ、退屈そうな目付きをしていた。

「お母様を殺したお父上が自ら死を選ぶ、その直前です。あなたはお父上に会っている。そうですね？」

そう。よく晴れた夏の初めだった。友人たちと連れ立って学校を出ようとした僕は、校門のところに立っている父を見つけた。父が高校に訪ねて来るなどかつてないことだった。第一、勤め先の信用金庫はまだ就業時間のはずだった。僕は朝方のことを思い出した。ここのところ体の不調を感じていた母が病院に行ってみると言っていた。父と僕とはそれを適当に聞き流しながら朝食を食べ、いつも通りに家を出た。父が学校を訪ねてくることなど聞いてもいなかったし、そんな理由もないはずだった。僕は戸惑いながら父を見返した。父は照れたように、よお、と手を上げた。

「あなたは一緒にいたお友達と別れて、お父上と姿を消します。それから二時間後、お父上は線路に身を投げる。あなたはお父上とどこへ行っていたんです？　そこで何を話したんです？　いったい、なぜ、あの殺人事件は起こったんです？」

許せなかったのか？

僕らは小さな川を渡る橋の真ん中で鉄の欄干に肘《ひじ》をついていた。

許したさ。

父は答えた。ポケットを探って何枚かの硬貨を取り出すと、一枚を下に流れる川に向けて落とした。ポチャンと広がった波紋が流れの中に消えていくのを父はじっと眺めていた。父はその姿勢のまま呟いた。

そして、許した途端にすべてが虚《むな》しくなったんだ。

「遺体を発見されたのはあなただったそうですね？　遺体は、ご自宅の寝室で、両手を胸の上で組むようにして、ベッドに寝かされていた。髪も服も整えられていた。警察で、あなたはそれをお父上のなされたことだと証言していますが、本当ですか？　あなたがやったのではないんですか？」

父と別れて、僕は真っ直ぐに家に戻った。父から聞いた通り、母はベッドの上で死んでいた。眠るように死んでいた。王子様を待ち過ぎた白雪姫みたいだった。美しい人だったのだなと思った。

「父のしたことです。僕は母の遺体に手を触れてもいません」

「ならば、尚更《なおさら》わかりませんね。どんなに仲のいい夫婦であったとしても、口喧嘩《くちげんか》をすることくらいはあるでしょう。口喧嘩をすれば、激昂して、相手を殺めてしまうこともあるかもしれません。ふと我に返る。相手が死んでいる。茫然《ぼうぜん》と家を出て、ふらふらと息子に会いに行く。それならば、わからない話ではない。けれど、遺体を入念に整える、というのは、自失している人間のすることではありません。考えに考え抜いた挙句、どうしようもなくなって相手を殺した人間のすることです。とするならですよ。お父上は、考えに考えた結果として、お母様を殺したことになる。慈しみながら。悲しみに震えながら。そこには感情の揺れなどとは違う、明確な理由がなければならない。いったい、そのとき、そこで、何があったのか。あなたはお父上からそれを聞いているはずです。そうですね?」

「失礼します」

僕は伝票を持って、席を立った。男は追ってこなかった。よほど硬い表情でもしていたのだろうか。レジで伝票を受け取ったウェイトレスは、ひどく怯《おび》えた表情をしていた。店を出る間際に振り返ると、男はじっと僕を見ていた。そこにはどこか哀れむような色があった。それが初めて男の表情に見つけた、感情らしい感情だった。

男の言葉は正しかった。翌日の朝刊に教授逮捕が報じられた。記事は、記事自身が自分の価値を決め兼ねているかのような中途半端な大きさだった。警察の取り調べに対して、教授は沈黙を守り続けているという。

僕は朝食代わりのりんごを齧《かじ》りながらその記事を三回読み、それから、部屋の空気を入れ換えようと窓を開け放った。例年ならとうに梅雨入りしていていい時期だったが、空を覆う薄雲には取り立てて雨を降らせる気はなさそうだった。僕は同じ空の下にいる教授を思った。狭く薄暗い取調室の中、沈黙を続ける教授は、胸を張っているのだろうか、それとも肩を落としているのだろうか。

僕は広げっぱなしだった新聞をたたんだ。

教授の恐れた通り、これで教授が立花サクラを見守ることはできなくなった。アルバイトが終わったら、立花サクラを訪ねてみよう。僕はそう決めて、部屋を出た。

4

怖いんです、とその母親は言った。彼女は本当に怯えているように見えた。渡さんと向き合って、講師室の隅にある応接セットのソファーに座った彼女は、今にも何かに飲み込まれるかのように体を強張《こわば》らせていた。膝《ひざ》に置いた両手は、ハンカチを握り締めたまま小刻みに震えていた。

「何がですか?」

渡さんが穏やかに問い返した。

「あの子がです。ええ。あの子が、怖いんです。理解できないんです。何を考えているのか、私には、もう全然」

両手の震えが腕を伝って肩にまで広がっていった。渡さんは彼女の隣に席を移した。その両肩を抱いて、ゆっくりとさすった。彼女の震えは止まらなかった。講師室にいた僕と酒井くんと間宮さんは、二人の会話を邪魔しないよう、それぞれの席に座って黙り込んでいた。やがて彼女は、渡さんに肩を抱かれたまま嗚咽《おえつ》を始めた。

僕は彼女をそこまで怯えさせている一人の男の子の顔を思い浮かべてみた。石井良二《いしいりようじ》くん。十五歳。ここに通うようになって、三、四ヶ月は経つだろうか。言葉を交わしたことはない。色白の顔の中の変に赤くて薄い唇が、どこか酷薄そうなイメージを相手に与える。授業中は本を読んでいることが多い。小説のときもあれば、哲学書のときもあり、ノンフィクションのときもある。そこにいなければならないから時間潰《つぶ》しに仕方なく読んでいる、という風はない。良二くんはいつも真剣な面持ちで読書に没頭している。そして、いつも三時になるとパタンと本を閉じて、真っ先に教室を出て行く。取っ付きにくそうな子だと思ってはいたが、この学院ではそんなもの、取り立てて語るほどの個性ではなかった。

徐々に高まった母親の嗚咽は、やがて静かに収まっていった。渡さんはその間中、根気強く彼女の肩を撫《な》でていた。

「良二くんの、何が怖いんです？」

嗚咽が静まるのを待って、渡さんは穏やかに聞いた。

すみません。

彼女はハンカチを当てて、ぐすりと鼻をすすった。

「ここでは、問題を起こしたことはないですよ」

彼女の肩に手を置いたまま渡さんは言った。

「とても真面目に勉強しています。クラスで一番と言ってもいいくらいです」

「ありがとうございます」

頭を下げたのは、渡さんの言葉に対してか、渡さんが置いている手に対してか。しばらくの間、ぐずぐずと鼻をすすっていた彼女は、やがてぽつりと呟《つぶや》いた。

「ナイフが」

「ナイフ？」

渡さんが聞き返した。

「ええ。あったんです。あの子の部屋に、いえ、普段は入れないんです。カギをかけていきますから。それがたまたま開いていて、私、入ったんです。掃除なんかできません。勝手に入ったことがわかったら、あの子がどれだけ怒るかわかっていますから。ただ入ったんです。入れば、やっぱり心配ですから、机の引き出しを覗《のぞ》いたり、クローゼットを開けてみたりしたんです。そしたら、クローゼットの隅に黒いディパックがあったんです。時々、あの子がそれを持って出かけるのを見てます。今日は別のカバンで出かけたんだなと思って、何となく、ええ、本当にただ何となく、そのカバンを開けてみたんです。そしたら」

また彼女の肩が震え出した。肩に置いたままにしていた手を渡さんはまたゆっくりと上下させた。今度の嗚咽は中々止まらなかった。授業もとうに終わり、生徒たちは誰も残っていない。講師室の誰もが黙り込んでいる。すべてが死に絶えたような静寂の中で、彼女の嗚咽だけが響き渡った。その音に共鳴して、世界中の嘆きが集まってきそうだった。

「そこにナイフがあったんですか?」

苛立《いらだ》ったというより、その苦しげな嗚咽を聞き続けることが我慢できなかったのだろう。酒井くんが自分の席から口を挟んだ。渡さんが目配せで制しようとしたが、酒井くんは気づかなかった。

「ナイフくらい」と酒井くんは彼女を落ち着かせるように軽く笑いながら言った。「僕だって持ってましたよ。中学のときでしょ? ええ。持ってましたね。これくらいの刃渡りのハンティングナイフです。でも、それは別に使うためとかそういうことじゃなかったんです。自衛のためですらなかったです。何ていうか、ファッションみたいなもので」

「それならいいんです」と母親は嗚咽の中から声を絞り出した。「ファッションならば、いいえ、自衛のためだって構いません。揉《も》めごとになったときに使うつもりでも構わないんです。私は全然、それでも」

自分の足元に向かって半ば叫ぶように言った母親の言葉はそれ以上続かなかった。また嗚咽と震えが彼女を包んだ。酒井くんはバツの悪そうな顔で黙り込んだ。渡さんはまた根気強く彼女の肩を撫で続けた。席を立った間宮さんは、彼女の前に置かれた湯飲みを取って、お茶を淹《い》れ直してきた。

「温かいですよ。落ち着きますよ」

動かした首が、感謝を示して縦に落ちたのか、拒絶を示して横に振られたのかすらわからなかった。間宮さんは途方に暮れたような顔で自分の席に戻った。その間中、苦しげな嗚咽が続いた。

これだけ長い間、誰かの嗚咽を聞いていたことがあったろうか、と僕はぼんやり考えた。悲しいのではあるまい。もちろん、怒っているのでもない。彼女はただ混乱し、その混乱の中で出口を求めているだけなのだ。その出口への道は、決して遠くもなければ、入り組んでいるわけでもない。彼女のすぐ脇にありながら、彼女が気づかずにいるだけだ。迷う彼女を上から見下ろせば、すぐにだって彼女にその出口を示してやることができる。

「そう。今、すぐにだって、ね」

脳裏に声がこだました。どこかで聞いたことがあるような声だった。が、記憶を辿《たど》る暇《いとま》はなかった。

僕と彼女が世界から遮断された。蛍光灯の瞬きが薄い影に包まれる。頭まで水の中に浸《つ》かったように周囲の音が意味をなくし、意味をなくした音はただの振動に形を変える。閉じ込められた箱の中には僕と彼女だけがいる。二人だけが閉じ込められた小さな箱の中、僕の意思がふつりと消える。真空になったその場所に彼女の波長が雪崩《なだ》れ込んでくる。主をなくした僕の波長が、新しい主を求めて、触手を伸ばし、雪崩れ込んできた彼女の波長を捕らえる。僕の波長が彼女の波長を真似る。彼女の波長が僕の波長を誘《いざな》う。

そして……

パチン。

回路が切り替わる。

「ファッションではない。護身でもない。とするなら」

抑え込もうとする僕の意思とは裏腹に、僕の声が静かに口火を切っていた。

「とするなら、あなたはそのナイフを何だとお考えなのです？」

静かな、まるで眠りを誘うかのような安らかなトーン。その声を他人のもののように聞いている僕がいた。声に彼女が僕を見た。いや。僕のほうを見てはいたが、その視線は焦点を失っていた。嗚咽がぴたりと止まった。

「ですから、それは……」

「凶器。そうなのですね？」

彼女はこくりと頷《うなず》いた。

「ファッションなら、護衛のためなら、いつだって身につけているはずです。あの子はそうじゃない。そのデイパックを持って出かけるのは、せいぜい週に一度。決まって夜のことです。だから、あの子は、使うためにあのナイフを持って出かけるんです。ファッションでもなければ、思いがけないときの自衛のためでもない。自分の意思で、使うために」

「そうとは限らないでしょう」

僕の隣で酒井くんが抗議の声を上げた。

「だって、そう、だって、第一、いつもそのナイフがそのデイパックに入っているとは限らないわけでしょう？　出かけるときにはナイフを取り出して、そのデイパックには別のものが入っているのかもしれないじゃないですか。じゃなかったら、お母さんがデイパックを開けたその日にだけ、そこにナイフが入っていたのかもしれない」

酒井くんの言葉を、僕も彼女も聞いていなかった。いや。聞いてはいたが、その言葉は意味をなさなかった。僕らはすでに世界から遮断されていた。閉め切った部屋に届く遠くの鳥の囀《さえず》りのように、それはただの振動として僕らの鼓膜を揺らしただけだった。

「そうなのでしょうね」

僕の声がそっと彼女に寄り添い、その肩を抱いた。

「けれど、そう確信するためには、他の何かがあったはずです。ナイフがあったから、母親が息子に怯《おび》える。順序が逆です。あなたは怯えていた。最初から怯えていたんです。

そこでナイフを見つけた。そして確信した。それがファッションでもなく、自衛のためでもなく、純粋な凶器であることを。そうですよね？」

アア。

彼女は呻《うめ》き声を上げた。ぼやけた目線は僕から外さず、首だけを激しく振った。が、それが彼女に残された最後の抵抗だった。彼女はもう、僕には抗《あらが》えなかった。彼女の波長は彼女のものでありながら、すでに僕のものにもなっている。彼女にとって、僕はもう他者ではない。自己そのものだ。自己に隠すものなど、あろうはずもない。

「それは、何なのですか？」

なだめるようにそっと、僕の声が彼女の中に滑り込んだ。

「大丈夫ですよ。話して下さい」

「近所で」

首の動きが止まった。惚《ほう》けたように焦点の合わない視線で僕のほうを見たまま、彼女の口が、彼女とは別な意思を持った生き物のように動いていた。

「近所で事件が起こってるんです。何度も。ええ。何度も。決まって、あの子が出かけた日の夜に」

「どんな事件です？」

「通り魔です。帰宅途中の会社員や学生が襲われるんです。ナイフで。後ろから自転車でやってきて、腕とか背中とかを切りつけて走り去るそうです。犯人が乗っているのはマウンテンバイクで、あの子が、ええ、あの子が乗っているのもマウンテンバイクなんです。あの子、それまでは家の前に停めていたのに、最近、家の裏に自転車を停めるようになったんです。盗まれるといけないからと言ってますが、嘘です。嘘なんです。人に見られたくないんです。きっと。ええ、きっとそうです。警察がきました。お宅の息子さんはマウンテンバイクに乗っていないかと聞かれました。私、否定しました。乗ってない。自転車にも乗れないんだって、そう言いました。ええ。そう言ってしまいました」

堰《せき》を切ったように彼女は一息に喋《しゃべ》った。

「それで？」

荒い呼吸を繰り返す彼女に、けれど僕の声は休む暇を与えなかった。

「それで？」と彼女が鸚鵡《おうむ》返しに答えた。

「息子さんは通り魔だ。たぶん、そうなのでしょう。それで、何が問題なんです？」

「何が？」

彼女は繰り返した。

「何がって、それは……」

「息子さんが心配なのですか？　けれど、あなたの息子さんは通り魔だ。とするなら、近所で頻発している通り魔事件で、あなたの息子さんが被害者になることはない。ないんです。あなたの息子さんは刺されもしない。切りつけられもしない。怪我もしない。

死ぬことなどあり得ない。ご近所に住む人の中で、あなたは一番安心できる立場にある。そうでしょう？　いったい、何が問題なんです？」

「でも、だって、そんな」と彼女は言った。

「そうですよ。そんな言い分はないでしょう？」

酒井くんが言った。僕も彼女も聞いていなかった。

「あの子の人生が台無しになります」と彼女は言った。

「台無しになどなりはしませんよ」と僕の声が柔らかに応じた。「通り魔です。死者を出したわけでもないんでしょう？　ましてや良二くんは未成年者です。どう間違ったって、死刑にはならない」

「でも、警察に捕まります」と彼女は言った。「少年院に入れられます」

「だから、何です？　少年院に入れられたって、息子さんの人生はそこで終わるわけじゃない。本当に息子さんのためを思うのならば、息子さんはむしろ警察に捕まったほうがいいはずでしょう？　なのにあなたは息子さんを庇《かば》った。咄嗟《とっさ》に庇ってしまった。だから、あなたが怯えているのは、息子さんの人生が台無しになることじゃない。息子さんが警察に捕まるという事実そのものです」

「それは、いったい……」

「だから、あなたが怯えているのは、息子さんが警察に捕まったあとの話です。いったい、自分にどんな非難が寄せられるのか。自分の家庭はどうなってしまうのか。それを想像するのが怖いだけです。そこに注いできた自分の時間は無駄だったのか。その先の自分の人生がどんなに惨めなものか。それを確認することに怯えているだけです」

「嘘です」

彼女は叫んだ。

「私は息子を愛しています」

「押しつけられた常識に振り回されることはありません」

僕の声はあくまで静かに彼女を包み込んだ。

「母親は息子を愛するものだ。そんなの嘘です。あなたと息子さんは別の人格を持った、別の生き物です。あなたが愛しているのは、あなた自身だ。それ以外の何者でもない。そしてあなたもそれを知っている。自分が本当に心配しているのは、自分自身以外の何者でもないことを。そういう自分の感情に気づいて、混乱している。そのことを恥じている。けれど、それは恥ずべきことではありません。当たり前なんです。あなただけじゃない。誰だってそうです。みんなが押しつけられた常識の中で、母性という錯覚を抱かせられている。大方の人はその錯覚の中に一生を暮らせるのでしょう。その錯覚に殉じられる人もいるのかもしれない。けれど、あなたは気づいてしまった。それだけのことです。ただ、それだけのことなんです」

アア、と彼女は再び呻き声を上げた。わずかに彼女の波長が離れた。その隙を狙って、僕は自分の波長を取り戻した。蛍光灯の光が戻った。音が意味を取り戻し、浸《つ》かっていた水からぷかりと浮き上がったように、呼吸が楽になった。あえぐように僕は深く息を吸った。

「アアアア」

彼女は自分の腕に顔を埋め、むずかる子供のように首を振っていた。声をかけように
も、咄嗟に言葉が浮かばなかった。同じ地球に属しながらも、地中深くに渦巻くマグマは、一度溢《あふ》れ出せば、地上のものを焼き尽くす。同じ人間に属するものでも、分け隔てていなければ、同居できないものもある。

酒井くんも、間宮さんも、渡さんも、ぽかんと僕を見ていた。何か声をかけなければと僕は腰を浮かしかけた。そこでようやく我に返った渡さんが、僕を厳しい目線で制した。渡さんは彼女の肩を抱くと、ソファーから立ち上がらせた。

「最悪の場合、という話です。良二くんが犯人だと決まったわけではないでしょう？」

渡さんは彼女をなだめながら、講師室から出て行った。ドアが閉まった。浮かしかけていた腰を落とし、僕はもう一度深い息を吐いた。シンクロをしたのは、何年かぶりのことだった。長い間抑えつけられていた力が反発力を溜《た》め込んで一度に暴発した。そんな感じだった。やはり完全にコントロールできているわけではない。僕はそのことを認識した。

「何なんですか？」

出て行く二人を機械的に見送っていた酒井くんが、二人の出て行ったドアを茫然《ぼうぜん》と見《み》

遣《や》ったまま僕に聞いた。

「いったい、何なんですか？」

「何って？」

僕は聞き返した。首筋が凝り固まっていた。僕はその首筋を揉《も》んで、きつく目を閉じた。

「今のです。どういうつもりなんです？　あんなこと言って、あれ、本気で言ってるんですか？　あんなの、だって、滅茶《めちゃ》苦茶じゃないですか」

本気で言ったことではなかった。言いたくて言ったことですらなかった。けれどもちろん、そう酒井くんに言ってもわかってもらえるわけはなかった。

「どこか間違ってるかな？」と仕方なく僕は言った。

「間違ってるかって、そんな」

酒井くんは助けを求めて、間宮さんを見た。間宮さんは奇異なものでも見るように僕を見ていた。

「間宮さん」と酒井くんが促した。「どう思います？　いいんですか？　いえ。よかったんですか、あれで？」

間宮さんは答えなかった。答えることを拒絶して、僕からも酒井くんからも視線を外した。

ドアが開いて、渡さんが戻ってきた。良二くんの母親は送り出したようだ。一人で戻ってきた渡さんは後ろ手にドアを閉めると、その閉めたドアに寄りかかって、ゆっくりと首を一つ回した。

「柳瀬さん」

そのわずかな間に切り換えは済んだらしい。かけられた声は、いつもの渡さんの口調だった。

「お話があります。間宮さん、酒井さん。今日はもう結構です。お疲れ様でした」

酒井くんは不満そうに渡さんを見返したが、間宮さんはさっさと席を立った。

「お疲れ様でした。お先に失礼します」

手早く荷物をまとめて、間宮さんは講師室を出て行った。酒井くんも不服そうな顔はしながらも、そのあとに続いた。

二人が出て行ってから、渡さんは自分の席に戻った。近くにくることを促すような雰囲気はなかった。僕は自分の席に座ったまま、椅子だけをそちらへ回した。

「柳瀬さん。あなたは」

デスクの引き出しから煙草と灰皿を取り出しながら、渡さんは言った。

「あなたは怖い人ですね」

返事のしようもなく、僕は黙っていた。渡さんは取り出した細い薄荷《はっか》煙草に、銀色のガスライターで火をつけた。深く吸い込み、細く長く煙を吐き出した。煙草を吸う渡さんを見たのは、それが初めてだった。

「あれで、よかったんですか？」

酒井くんと同じ質問を、渡さんは僕にぶつけてきた。

「わかりません」

事情を説明するわけにもいかず、僕としてはそう答えるしかなかった。

「後先を考えて言ったことではありません」

「無責任ですね」

鼻と口から煙を吐き出しながら渡さんは笑った。

「すみません」

まあ、済んだことです。

自分を納得させるように呟《つぶや》いて、渡さんはまだ長い煙草を灰皿に押しつけた。

「無責任でしたことでも、責任は取ってもらいます。良二くんと話して下さい。できることならば、説得して、自首させて下さい。私も同席したほうがいいですか？」

「いえ」と僕は言った。「二人きりのほうがいいと思います」

「わかりました」

指先についた灰を払うと、渡さんは吸殻が載ったままの灰皿と煙草を引き出しにしまった。

「良二くんが犯人だとお考えですか？」と僕は聞いた。

「おそらくは」

渡さんは厳しい表情で頷《うなず》いた。

「母親があそこまで怯《おび》えているんです。たぶん、間違いないでしょう。母親の勘というのは、それはそれで馬鹿にできないものです」

もっとも、私に言えた義理はないかもしれませんが。

自嘲《じちょう》のように笑って、渡さんは呟いた。独身。子供もいない。その理由を僕は深く尋ねてみたことはない。

「間宮さんにはショックだったようですね」と渡さんは椅子の背もたれに身を預けて、呟いた。「彼女は母親ですから。母性は錯覚、などと断言されては立つ瀬がありません。母性は本当に錯覚なんですか？」

「さあ」

「さあ？　柳瀬さんは医大に通われていたんでしたよね。何か医学的根拠があってのことではないんですか？」

「ありませんよ」と僕は言った。「ああ言うのが一番適当に思えただけです」

「本当に無責任ですね」と渡さんは笑った。

そこに先ほどの動揺は露ほどもない。ただの世間話を楽しんでいるだけのようだった。

「母性を含めて、人間には本能など残っていないという精神分析学者もいます」と僕は言った。「そこまで断言するのもどうかとは思いますけど、母性だけでは対応できることとできないことがあると思います。母親だから、と、その一言ですべての責任を負わせてしまっては酷でしょう。ときに子供は親の理解を越えます。理解を越えたものを愛するには限界があります」

「無償の愛は存在しない？　大方の親は子供に無償の愛情を注いでいるように見えますが？」

「子供は三歳までで、あらかたの親孝行を済ませているという考え方もあるそうです」

「つまり？」

「つまり、三つまでの可愛さで、親は十分に喜びを得ている。だから、その後、どんなに子供に苦労をさせられても、その記憶を頼りに子供を愛することができる」

「それは無償ではなく、借りを返しているだけだ、と？」

「ええ。ですから、その借りを借りと感じない親であれば、子供を愛することができないこともあるのではないか、と」

「便宜的な説明に聞こえますね」と渡さんは笑った。

「説明なんて便宜的なものでしょう」と僕も笑った。「たぶん、同じ一人の母親の中にも、色んな母親の姿があるのだと思います。けれどその中で、表に出していい姿とそうでない姿とがある。あのお母さんは、良二くんを愛している。そうなのでしょう。でもそれだけでもない。どちらも彼女の正しい姿だと、そういうことじゃないでしょうか。どちらかだけを正しい姿としてしまえば、どこかに無理が出てくる」

渡さんはそのことについて考えるように、ちょっと唇の端に指を当てた。

「それにしては」と渡さんは僕を見て言った。「ずいぶん、残酷な言い様にも思いましたが？」

「そうですね」と僕は頷いた。「言い過ぎました。確かに」

「それが便宜的な説明だったにせよ」と渡さんは言った。「だからといって、人を傷つけていいということにはならないはずです。間宮さんへは」

「ええ。今度、謝っておきます」と僕は言った。

「結構」

渡さんはにこりと笑って頷いた。

さて、と。

呟いた渡さんは、両手のひらを胸の前で合わせて、デスクの上を見回し、黒いファイルを手にした。それを開きかけて、僕に目をやる。

「あ、今日はもういいですよ。お疲れ様でした」

「それじゃ、失礼します」

椅子の背にかけていたジャケットを取って、僕は立ち上がった。

「あ、それと」

ジャケットに袖《そで》を通した僕に渡さんが言った。

「わかっているとは思いますが、良二くんの件、できるだけ早くにお願いします。母親が嘘をついたことは、すぐにも警察に知れるでしょう。あるいはもう知られているのかもしれません。逮捕される前に、自首させて下さい」

「わかりました。明日にでも話します」

「結構」

渡さんは頷くと、ファイルに目を落とした。帳簿だろう。そのファイルを見ながら、学院が認可を受けた学校法人とは違うことを渡さんは何度かぼやいたことがある。

なぜこの学院を、と僕は聞きかけた。なぜ、この学院を始めたんですか？　けれど、聞けなかった。

そこに渡さんという人間の答えの大方があるような気がした。けれど、聞けなかった。だから、聞けなかったのか。

「渡さん」とドアに手をかけたところで、僕は言った。「前から聞こうと思っていたんですけど」

「はい？」

ファイルから目を上げずに渡さんは問い返した。

「アフィニティーってどういう意味です？」

「ああ」

ファイルから目を上げ、渡さんはすっと背筋を伸ばした。

「親和力です」

親和力、と僕は繰り返してから、頭を下げた。

「お先に」

渡さんが、一つ頷いた。

学院の外は曇り空に覆われていた。どこか不吉な感じのする空だった。こんな日は真っ直ぐ部屋に戻って、何も考えずにおとなしくビールでも飲んで、一日の残りをひっそりとやり過ごしたかった。けれど、そういうわけにもいかなかった。僕は不吉な曇り空の下を駅まで歩き、立花サクラの家へ向かうために、いつもとは反対方向の電車に乗り込んだ。


僕がそれについて父から話を聞いたのは、中学三年のときだった。父はそれを穴のようなものだと評した。

「穴?」と僕は聞き返した。

僕らは堤防に並んで座り、釣り糸を垂れていた。冬の堤防に他の人影はなかった。

「王様の耳はロバの耳」と父は言った。

「ああ」と僕は頷いた。

「誰もが何かを胸の内に抱えている。みんながみんな、自分の思いのすべてを口にし始めれば社会は回らなくなる。外にぶちまけることのできない思いは、内側に溜《た》まって澱《おり》になる。人はいつだってその澱を吐き捨てる穴を探している」

二つ並んだ浮は、波の揺れ以外の動きをぴくりとも示さなかった。

「でもそんなものが」と僕はその浮を眺めながら聞いた。「どうして、僕らに具《そな》わっているんだろう?」

「必要だったからだろ」と父はあっさりと言った。「能力なんてものは必要だから身につくんだ。こいつも、いつかどこかで必要とされたから誰かの身についた。その誰かの子供がそれを受け継いだ。そのまた子供もそれを受け継いだ。そういうことだろ」

「こんな能力が、いったい、どこの誰に必要だったんだ?」

勝手な想像だぞ、と父は断ってから言った。

「ずっと前の時代の話だ」

父の浮が大きく潜った。慌てて竿《さお》を引き上げた父は、餌を取られていた針に軽く舌打ちした。

「交通機関も、情報伝達手段もない。土地に縛られ、人の移動は制限されている。豊かでもないから、気を紛らわすものもない。タフな現実の生活だけが淡々と繰り返されてた、そんな頃の話だ」

よっ、と言って、父は餌を付け替えた針を海の中に戻した。

「一つの共同体がある。誰がやってくるわけでもない。誰が出て行くわけでもない。そんな共同体を維持するには、どうしたって緩衝物が必要になる。隣人への恨みを和らげ、諍《いさか》いの芽を摘み取る誰かが必要になる。けれど、その誰かは、共同体の中にありながら、共同体の中にあることを拒絶される。その共同体の歪《ひずみ》だ。いわば、生きた人柱さ。共同体を維持するためのな。例えば、そんなところじゃないか?」

生きた人柱、と僕は思った。

お前、と父は言った。

「学校で、友達、いないだろ？」

僕は素直に頷《うなず》いた。中学も三年に上がる頃には、僕の周りに人がいなくなっていた。僕が遠ざけたのか、僕が遠ざけられたのか、自分でもよくわからなかった。自分でもよくわからないまま、僕は学校で孤立していた。そして困ったことに、僕はそのことに安《あん》堵《ど》していた。

「心配することはない。年を取れば、少しずつコントロールできるようになる。俺もお前の年の頃はきつかった」

「父さんも？」と僕は聞いた。

「ああ。もっとも、お前の力は俺のとは比べものにならないけどな。お前は天才で、俺は凡才だ。時々、そういうことがある。何世代かに一人、とてつもなく強い力を持った人が出てくる。お前が生まれる前に死んじゃったから知らないだろうけど、俺の親父、だからお前の祖父《じい》ちゃんも強い力を持っていた。祖父ちゃんが聞いた話では、祖父ちゃんの曾祖父《ひいじい》ちゃんも強かったらしい」

「父さんの父さんって、父さんが子供の頃に失踪《しっそう》して、一年後に野垂れ死んだとかいうあの人？」

「今は悪い風に考えるな」と父は僕の頭をごしごしと撫《な》でて言った。「俺は何とかなった。お前も何とかなる。俺よりは苦労するだろうけどな。でも、きっと何とかなる。もう少し年を取れば、今よりはずっと楽になる」

父の言い分は正しかった。年を取るにつれ、僕はその力をかなりコントロールできるようになっていった。コントロールできるようになれば、僕にもその力の輪郭がおぼろげながら理解できるようになった。

人はそれぞれに波長を持つ。その波長は谷を作り、山を作り、ときに揺れ、ときに震え、その人の怒りを作る。喜びを作る。悲しみを、楽しさを作る。僕はその波長を感じることができる。その波長に自分の波長を合わせることができる。そして波長が重なれば、その人にとって、僕は他者でなくなる。鏡に向かって独り言を言うようなものだ。隠す必要も、偽る必要もなくなる。けれど、それは能力と呼べる代物ではなかった。むしろ反射作用に近い。相手の波長を感じた途端、僕の意思とは無関係に僕の波長はシンクロを始めてしまう。その力を完全にコントロールするのは難しかった。コントロールできない力が何を招くのかは、父が身をもって証明していた。

呪い、と、そして父はそう言い残した。

暴走する力に流されながら母を殺《あや》めたそのときの父が、いったい何を感じ、何を悟ったのか、僕にはわからない。父の死後、事件の余波が去ると、僕は医学書を片っ端から読みあさった。その力が呪いによってもたらされたものだというのなら、その呪いを解析してやろうと思った。呪いとは、どういうメカニズムで成立するのか。それは呪いをかけられた個体のどこに作用するのか。それがなぜ血の中に受け継がれているのか。どうやったら解くことができるのか。僕は脳神経学において先鋭的な論文を発表していた笠井教授のいる大学への進学を決め、受験勉強を始めた。教授にわからないと言われたとき、僕はその大学にいる意味をなくした。今、自分が何をすべきなのか、僕にはわからない。毎月のアルバイト代と両親の遺《のこ》してくれたわずかばかりの財産を食い潰《つぶ》しながら、僕は目的もなく生きていた。ずっとシンクロを抑えつけていられたことで油断していたのかもしれない。あるいは自分の中の焦燥感から目を逸《そ》らしていただけなのかもしれない。

また探すしかない、と僕は思った。かけられた呪いを解く方法を、またゼロから探すしかない。それがどんなに面倒であっても、見つけ出すしかない。見つけ出せなければ……

僕は目を閉じた。眠るように死んでいた母の姿が浮かんだ。僕は首を振って、目を開けた。窓の外にホームが滑り込んできたところだった。僕は座っていた座席から立ち上がった。

ただでさえ豪奢《ごうしゃ》な家が建ち並ぶ住宅街の真ん中に、立花サクラの家は一際大きな顔で鎮座していた。そこに『立花』という表札を確認して初めて、僕は歩いてきた道の右手に延々と続いていた長い塀が立花家の敷地を囲むものであったことに気づいた。高くそびえる鉄の門の脇にあったインターフォンを押すと、女の声が、はい、と応じた。母親をなくしたばかりの家に別の女性がいたことに僕は少し驚いた。

「サクラさんはいらっしゃいますか？」

僕が告げると、インターフォンはガチャリと切れた。それだけでは了解なのか拒絶なのかわからなかったが、やがて黒い鉄の門がパチンと音を立てた。錠が外れたのだろう。僕はその門を押し開けた。

冗談みたいに広い庭だった。右手には池があり、その脇に石灯籠《いしどうろう》がいくつか、能無しの案山子《かかし》みたいに立っていた。左手は一転、青々とした芝生が広がり、その中に巨大な日よけの傘を真ん中に立てた白いテーブルとそれを取り囲む三つの白い椅子とがあった。僕は家の玄関まで続く踏み石を数えながら僕は歩いた。五十七まで数える羽目になった。僕がそこに立つと、玄関が中から押し開けられた。緑のポロシャツとカーキ色のパンツを身につけた四十がらみの女性が立っていた。彼女はその豪奢な家に可哀想なくらい相応《ふさわ》しくなかった。家政婦さんか何かだろうかと僕は考えた。

「はい？」

僕を玄関の中に迎え入れると、それ以上の侵入を阻むように僕の真正面に立って、彼女は聞いた。

「サクラさんはいらっしゃいますか？」と僕は繰り返した。

彼女は一度家の中を振り返るような仕草をして、今度は無言で僕に問いかけた。

「あ、僕、サクラさんの友人で、柳瀬と言います」と僕は言った。

なおも彼女の目線は疑問符を発し続けた。詳しく説明するのもどうかと思い、自信はなかったが、僕は言い足した。

「サクラさんにお聞きになって下さい。柳瀬が来たと言えばわかると思います」

「お待ち下さい」

彼女は僕をそこに残し、階段を上って行った。

三分の一から四分の一、と僕は思った。状況を客観的に見れば、確率はそれくらいだろう。サイコロを振るよりは分がいいが、コインを投げるよりは不利だった。一発勝負のじゃんけんよりももう少し難しい、といったところだろう。彼女に頼んで、じゃんけんで決めさせてもらえばよかった、と僕は後悔した。じゃんけんなら小さな頃から自信があったが、この賭《か》けにはまったく自信がなかった。

彼女はじきに階段を下りてきた。後ろには立花サクラの顔があった。何の勘違いなのかその顔には満面の笑みが浮かんでいた。

「ああ、遅かったじゃない」と立花サクラは言った。「待ってたの。道、わかんなかった？」

遅かった？

僕が口を開きかけると、階段を下りながら立花サクラは僕を睨《にら》みつけた。僕は黙ることにした。

「そんなとこに立ってないで、上がってよ。ね？」

下りてきた立花サクラはそのまま僕の手を引っ張った。僕はわけがわからぬまま、靴を脱ぎ、家の中に上がった。

「あ、私の部屋に行ってて。今、紅茶でも淹《い》れてくるから。階段を上がって、すぐ右手の部屋だから」

立花サクラは僕の背を押すようにして、階段のほうへ追いやった。女性は階段を上る僕を興味深そうに眺めていた。

立花サクラの部屋は、庭と同様、馬鹿みたいに広かった。フローリングのその部屋は、大きさといい、高さといい、住居のために造られたようには見えなかった。部屋にはアップライトピアノと机とベッド、それに漫画のつまった本棚と立派なオーディオと魚の見当たらない水槽とがあった。十四歳の女の子には不足のない内容だったが、いかんせん部屋は広過ぎた。それだけのものがあっても、部屋はどこか閑散として見えた。ベッドの上には毛の短い真っ白な猫が丸まっていた。僕が入っていくと、猫は礼儀正しくミャーと鳴いた。

「はじめまして」

僕も礼儀正しく挨拶《あいさつ》を返した。猫はまた首を抱え込んで目を閉じた。僕は本棚に並んだ漫画を眺め、それからオーディオの付近に散乱しているCDを眺めた。クラシックばかりかと思ったが、日本のポップスが多かった。ヒットチャートを上から順に買い揃えたような感じだった。

「ちょっと、お願い」

声にドアを開けると、両手でお盆を持った立花サクラがいた。立花サクラを迎え入れて、僕はドアを閉めた。

「何の用か知らないけど、助かった」と立花サクラはお盆を机に置いてから言った。

「どんな事情か知らないけど、力になれてよかった」と僕は言った。

受け皿ごと紅茶の入ったカップを僕に渡すと、立花サクラは自分の分のカップを持って、ベッドに腰を下ろした。それっきり何を言うわけでもなく、足をぶらぶらさせて、猫の背中を撫でていた。時々僕の知らない曲を鼻歌で歌った。僕は紅茶のカップを抱えたまま、水槽を覗《のぞ》き込んでみた。水は入っている。砂利も敷いてある。水草だってある。魚だけがいない。示唆に富んだ水槽だった。

水槽から顔を上げると、立花サクラはベッドにうつぶせになり、足をパタパタさせながら漫画を読んでいた。僕は机の向こう側の出窓の外を眺め、立花サクラに声をかけてみた。

「大きな家だね」

窓の向こうに見える隣の家までは優に二十メートルはありそうだった。取り立てて気を遣い合わなくても、生活騒音で近所と揉《も》める必要はなさそうだった。

だから、何よ。

　そう絡むように猫と立花サクラが僕を見た。

「ただの世間話だよ」と僕は言った。「お父さん、お金持ちなんだなと思って」

「父さんはただのサラリーマン。お金持ちだったのはお祖父《じい》ちゃん。お祖父ちゃんが死んで、父さんが金持ちになっただけ」

　そこには多分に批判的な響きがあった。貧乏人と同様、金持ちだって何も親を選んで生まれてくるわけではないのだというその当たり前の理屈を、それでも金持ちが主張しようとすればどうしたって社会はギクシャクする。

「君が恥じることはない」と僕は言った。

「別に恥じてない」と立花サクラは言った。

　漫画に目を戻した立花サクラは、時々くすくすと笑った。教授逮捕のニュースを知らないわけはないだろうが、それについてどんな感想を持っているのか、窺《うかが》い知ることはできなかった。

「さっきの人、誰？　家政婦さん？」と僕は聞いた。

「元家政婦さん」

　漫画に視線を落としたまま立花サクラは答えた。

「元家政婦さん」と僕は言った。「とすると、今は何なんだろう？」

「父さんの恋人」

　立花サクラがあまりにあっさりと言ったので、僕には一瞬その意味が理解できなかった。

「この前の夜は、問題はないって言わなかったっけ?」と僕は聞いた。

「言ったよ」と立花サクラは言った。

「お父さんに恋人がいて、それが家に入り込んでいても、問題はない? お母さんが亡くなって、まだ二ヶ月だ」

「問題なのかもしれないけど、私の問題ではない」と立花サクラは言った。「父さんとミズタニさんが考えればいいことよ」

水谷さん、だろう。それがその人の名前らしい。

「ずいぶん、ドライなんだな」と僕は言った。

「泣いて、喚《わめ》き散らしたほうがいいの?」

「少なくともそうする権利はあると思う」

「あのねえ」

もう少し真剣に相手をしてくれるつもりになったようだ。立花サクラは漫画を閉じて起き上がると、ベッドの上にあぐらをかいて僕のほうを向いた。

「二ヶ月前まで、水谷さんは家政婦さんで父さんの恋人だった。母さんが死んでからは、父さんの恋人が家政婦さんをしている。呼び方が変わっただけで、状態は何も変わってないのよ。そんな状態は三年以上も続いているの。今更、何をどう喚き散らせばいいのよ」

「なるほど」と僕は言った。「なるほど」

他に言葉が浮かばなかった。水谷さんがここで暮らしているのか、通ってきているのかは知らないが、その四人が同じ家を共有していたという状態はどう考えても異常だった。三年以上の時間をかけて、その異常が日常になっていることは、もっと異常だった。

ふん、と鼻を鳴らして漫画に戻りかけた立花サクラに僕は聞いた。

「さっきのはどういう意味？」

「さっきの？」

「遅れたとか、待ってたとか」

「ああ」

立花サクラは面倒臭そうに二回頷《うなず》いた。

「友達が来るってことになってたの」

「約束があったの？」

「ないよ」

「どういうこと？」

「父さんが私に友達がいないんじゃないかって、心配しているの。転校しろって言われてる。新しい環境でゼロからやり直してみたらどうかって」

ミカちゃんから聞いた立花サクラの学校生活の話を思い出し、僕は頷いた。

「悪くない意見だ」

「私が邪魔なだけよ」と立花サクラは言った。「千葉だか埼玉だかに全寮制の中学があるんだって。そこに転校させようとしてるの。水谷さんと二人でやりまくりたいのに、私がいたんじゃ邪魔なんでしょ」

「やりまくりたい」と僕は言った。「女の子は、少し言葉を慎んだほうがいい。せめて、しまくりたいとか」

「することが変わるわけでもないでしょ」と立花サクラは言った。

もっともな意見だったが、そんなことを言ってしまえば大概の音楽と絵画と物語は、ひいては人類が積み上げてきた文化のほとんどは、その存在意義をなくす。

「この前、あんたに会って、夜中に帰ってきたら、その話を持ち出されたの。私が夜遊びしてきたとでも思ったんでしょ。向こうだって後ろめたいから、そういうときにしか切り出せなかったのよ。そういうずるさも頭にきたから、友達ならいる、何なら、今度、家に遊びに来てもらってもいい。近いうちに家に呼ぶって、言っちゃったの」

「でも、お父さんが期待しているのは、学校の友達だろ？　まあ、学校の友達じゃなくても、同世代の、同性の友達だろ？　僕じゃ説得力がない。かえって、逆効果かもしれない――」

「言葉尻《ことばじり》だけ合ってれば、それでいいのよ。友達が来るって言って、友達が来た。文句は言わないし、言わせないわよ」

「僕が来なかったら、どうするつもりだったんだ？」

「今は都合が悪いんだとか何とか、適当に言って、引き延ばしておけばいいのよ。どうせまた、私に落ち度を見つけない限り、切り出せやしないんだから」

そう言うと立花サクラはまた漫画に戻ってしまった。手持ち無沙汰《ぶさた》に突っ立ったまま、僕は水槽をつついてみた。砂利に擬態したヒラメでも動き出すかと思ったのだが、やはり水槽には何もいないようだった。猫はそんな僕を見て、手持ち無沙汰が伝染《うつ》ったように一つあくびをした。

「なあ、少し話をしないか」と僕は立花サクラに言った。

「話？」と言って、立花サクラは不審そうに僕を見た。「何の話？」

僕は話題を探して、ざっと部屋を見回した。

「ピアノ」とそれに目を留めて、僕は言った。「やってるんだろ？　うまいんだって？」

「最初はノー。次はイエス」と立花サクラは義務的に答えた。

「うん？」

「もうやってない。すっごくうまいけど」

「そう。やめちゃったんだ」

僕はピアノに近づいた。閉じられたままの蓋《ふた》にうっすらと埃《ほこり》が溜《た》まっていた。ピアノの上には楽譜が乱雑に重ねられ、その横に写真たてがあった。

「体育をサボってまで練習してたのに？」

立花サクラは漫画から目を上げて、僕を胡散《うさん》臭そうに見た。

「誰から聞いたの？」

「みんな他人のこととなるとお喋《しゃべ》りになる」

「暇なのね」

「まあ、そうなんだろうね」

僕は写真たてを手にした。立花サクラは口を開きかけたが、何も言わなかった。どこかの講堂だろうか。写真の中では古いピアノの前に座った女の人がこちらを振り向いていた。その横に幼い女の子が立っていた。様々な色の光が写真の中に交錯していた。

「お母さん？」と僕は聞いた。

「そう」

立花サクラは頷き、それ以上を拒むように猫の頭をぽんと叩《たた》いてから話題を変えた。

「ねえ、この前の話は？」

「この前の話？」

「催眠術。説明するって言ったでしょ？」

「ああ、あれね」と僕は写真たてを元の場所に戻して頷いた。「一口には説明しづらい」

「一口で説明しろとは言ってない」と立花サクラは言った。「催眠術ほど上等じゃないって言ったよね。超能力みたいなもの？」

「超能力」と僕は繰り返してみた。催眠術より上等そうな響きだった。「違うな。たぶん、超能力でもない。そんな優れた能力じゃないんだ。短指症って知ってる？」

「タンシショウ？」

「指の一本だけが極端に短い。そういう人がいる。それは半分の確率で子供に遺伝する。あれも、言ってみればそういうものなんだ。特殊なものだけど、ただそれだけなんだ。珍しい。それ以上の意味はない。特に社会に役立つこともない。時々、本人が厄介な思いをするけど、それも、ただそれだけの話なんだ。そんな役立たずの特殊性が血の中に延々と受け継がれている」

「そしてあんたは」と立花サクラはじっと僕を見て言った。「その特殊性を憎んでいるわけね？」

「憎んでいる」と僕は言ってみた。「少し違うかな。うんざりしていて、怯《おび》えてるんだ。憎んでる暇もないくらいに」

「それ、わかる気がする」

「そう？」

「うん。半分だけはね」

　立花サクラはそう言ってから、照れたように視線を外した。彼女がわかると言った半分が、最初の半分なのか、残りの半分なのか、僕にはわからなかった。彼女は何にうんざりしているのだろう。あるいは、彼女は何に怯えているのだろう。僕は改めてその十四歳の女の子を眺めてみた。わからなかった。僕にだって十四歳のときはあった。けれど、そんなの、ただそれだけの話だ。僕は今、十四歳ではない。そっちのほうがはるかに重大なのだ。

また手持ち無沙汰になってしまい、読めるわけでもないのに楽譜を手にした。ショパンのノクターンだった。こちらにも埃が溜まっていた。ざらりとした感触が指に残った。

「ピアノは続けたほうがいいんじゃないかな」と僕は言った。「せっかくここまでやってきたんだ。やめるなんてもったいない」

「それはあんたに関係ない」

立花サクラはぴしゃりと言った。突然変わった口調に、僕は驚いて彼女を振り返った。

「個人的なことよ」と立花サクラは言った。

「もちろん個人的なことだ」と僕は言った。「でも、僕らは個人的な話をしてたんじゃないのか?」

「その話はしたくないの」

立花サクラは言った。本当にその話はしたくないようだった。立花サクラの声は微《かす》かに震えていた。その顔は微かに青ざめていた。

「悪かったよ」と僕は言った。「無神経だった」

「無神経?」と立花サクラは嚙《か》みつくように言った。「無神経ってどういうことよ」

「なあ、ちょっと待ってくれ」と僕は言った。「何をそんなに怒ってるんだ? ピアノのことを言ったのは、悪かった。それは君の決めたことだし、君だって、長い間やっていたピアノをやめるからには、それなりの決心があったんだろう。お母さんのこともあるしね。だから、それについては」

「母さんは関係ない」

立花サクラの顔からは完全に血の気が引いていた。震えが消え去ったその声は冷め切っていた。張りつめた糸は、あとはもう、相手を切るか、自分が切れるかしかなさそうだった。

「母さんは関係ない」

彼女の波長を感じた。僕の波長がそこに寄り添おうとした。思いがけないほど強く。抵抗はできなかった。抵抗を試みる気も起きないほど、僕の波長は強く立花サクラの波長に引かれていた。

世界から僕らが遮断される。雲がもう一つ濃くなったように、窓から差し込んでくる光が薄いベールに覆われる。何か不吉なものを感じたのか、尻尾《しっぽ》を立てた猫が僕に向けてフーと息を吐いた。立花サクラの視線は焦点をなくし、魅入られたように僕を見ていた。閉じ込められた箱の中、僕の意思がふつりと消える。僕の波長が彼女の波長を真似る。彼女の波長が僕の波長を誘《いざな》う。その二つの波長が完全に重なろうとした、その瞬間。

「やめて」

ぎゅっと目を閉じた立花サクラが、叫んで立ち上がった。

拒絶？

乗り移ろうとした波長に突然去られた僕の波長が、主を求めてしばらくさ迷った。今までにない経験だった。けれど、思えば、立花サクラは最初からそれに気づいていたのだ。気づくことができる感性が存在するなら、それを拒絶できる意思が存在してもおかしくはない。

「あなたは特殊よ。わかる。誰にもわからなくても、私にはわかる。悪い人でもないんでしょう。それもわかる。あなたは私の力になってくれようとしているのかもしれない。でも、私にはあなたの手を借りる気はない。絶対にない」

「わかったよ」

何とか自分の波長を取り戻して僕は言った。

「わかったから、座らないか？」

立花サクラは警戒心を剝《む》き出しにして、じっと僕を見ていた。

「君を傷つけるつもりはまったくない」と僕は言った。「ただ、僕らはもう少しお互いのことを話したほうがいいと思う」

「何のために？　笠井先生に頼まれたから？」

「違うよ。そんなこと関係ない」

「じゃあ、何？」

　じゃあ、何だろう？

「勘だよ。僕らは友達になれそうな気がする」

「なる必要があるの？」

「誰も一人じゃ生きていけない」

「そうかしら？」

立花サクラはそれがどこまで本気なのかを量るように僕をじっと見た。その真っ直ぐな視線は僕の嘘をすぐに見破った。立花サクラはゆっくりと歩いて行くとドアを開けた。

「私も、そうは思わない」

それ以上、繕う言葉は見つけられなかった。僕は机にあったノートの一番後ろに自分の部屋の住所と電話番号を書いて、そのページを破った。ドアのところにいる立花サクラにその紙を差し出した。

「何でもいい。必要なときにはいつでも連絡して欲しい」

立花サクラは紙を受け取った。期待はできそうになかった。そうすれば僕がさっさと出て行くと思ったから、そうしただけのようだった。立花サクラの表情のない顔に僕は別れの言葉を飲み込んで、彼女が開けたドアから部屋を出た。


熊谷は部屋にいなかった。電話すらせずに勝手に訪ねてきたのだから、文句を言えた義理もない。

立花サクラの家を出て、本屋とCD屋をひやかしてみたが、取り立てて今日の残りを潰《つぶ》せそうなものには出会わなかった。アパートに戻る途中、近くにあるラーメン屋で夕食を済ませ、夕食を済ませるとアパートに戻る気がなくなっていた。他にあてがあるわけでもなく、僕は電車に乗って熊谷の部屋を訪ねた。入り口で熊谷の部屋を呼び出してみたが、返事はなかった。近くの公衆電話から携帯に電話してもみたけれど、応《こた》えたのは留守電の案内メッセージだった。

「歩き詰めで、疲れてるんだ」

僕は頑強な顔で建物への侵入を拒んでいる自動ドアに言ってみた。

「どうせ部屋の中には入れない。カギを持っていないんだから。部屋の前まで行かせてくれないか？　そこで座ってる。いい子にしてる。泣かないし、駄々もこねない。鼻歌だって歌わない」

それでもやっぱり、ガラスの自動ドアは頑強な顔で僕の建物への侵入を拒んだ。仕方なく僕は近くのガードレールに腰を下ろした。思いついて見上げてみたが、熊谷の部屋にはやはり明かりがついていなかった。腕時計に目をやると、九時を少し回ったところだった。外食を嫌う熊谷は、大体は自分で夕食を作る。この時間に帰っていないのは珍しいことだった。

どこへ行っているのだろう、と僕は考え、それを推測できるほどの事実を自分が知らないことに気づいた。大学での熊谷のことを僕はほとんど知らない。あれだけの時間をバイトに費やしていればサークル活動をしている暇はないと思うが、確かなことではない。親しい友人くらいいるのだろうが、その人の名前すら僕は知らない。今更ながら驚くほどに、僕は熊谷のことを知らなかった。僕が聞かなかったのだろうか。熊谷がその話題を避けたのだろうか。僕は推測を諦《あきら》めた。そして、これから自分がしなければならないことを考えてみた。

まずは良二くんの説得、と僕は右手の親指を折った。それから立花サクラへのアプローチ、とひとさし指を折ったところで、中指を折る必要が特にないことに気づいた。飛ぶことに疲れたのか、鳥が一羽、僕の前の歩道をトコトコと歩いていった。どうせ私は鳥ですから、とでも言いたそうな足取りだった。

熊谷が戻ってきたのは、それから二時間後だった。それまで何度も腰を上げようと思い、何度もそれを思い直しているうちに僕も意地になっていた。今度こそ諦めようとガードレールから腰を上げたとき、背を向けていた車道に銀色のBMWが停まった。運転席から男が降りた。ほとんど同時に助手席から降りた熊谷は、男の向こう側に僕を見つけると、眉《まゆ》をひそめた。

「やあ」と僕は手を上げた。

「何？　どうしたの？」

車の前を回り込んで、熊谷がやってきた。男が僕を振り返った。育ちの良さそうな子だ、と僕は思った。つるりとした肌と優しそうな目とがっちりした体をしていた。大学で、比較人類学か何かを専攻して、ボート部とボランティアのサークルに入っていそうな感じだった。

「あ、彼、大学の同級生の溝口《みぞぐち》くん」

熊谷の紹介に、溝口くんはちょっと変な顔をした。彼氏、と紹介されなかったことが不満だったのかもしれない。

「やあ」と僕は溝口くんにも言った。

「どうも」と溝口くんが頭を下げた。「はじめまして」

その間に熊谷はガードレールをまたいで、僕の隣にやってきた。

「どうしたの？」と熊谷はまた聞いた。

どうもしない、と答えかけて、その答えでは溝口くんが傷つくような気がした。どうもしないのに、熊谷のもとを訪ねてくる男がいる、ということに溝口くんがショックを受けないとも限らない。

「ちょっとね」と僕は言葉を濁した。

「ちょっと？」と熊谷が聞き返した。

口籠《くちご》もった僕を見て、溝口くんが気を利かせた。

「じゃあ、僕は行くから」

「あ、わざわざごめんね。遠回りだったでしょ」と熊谷は言った。「コーヒーでもと思ったんだけど」

「そうもいかないよ。もう遅いし」と溝口くんは白い歯を見せて笑った。「それじゃ、また」

「うん。またね」

手を振った熊谷に、にこっと感じのいい笑顔を見せると、溝口くんは僕にも頭を下げてから車に乗り込んだ。

「それで？」

すぐ赤信号に捕まった銀色のＢＭＷが走り去るのを待って、熊谷は口を開いた。

「ちょっと、何？」

「何でもないんだ」と僕は言った。「用事はなかった。ちょっと顔を見たかっただけ」

「疲れてるみたいね」と熊谷は僕の顔を下から覗《のぞ》き込んだ。「何かあった？」

「何もないよ」と僕は笑って見せた。「本当に顔を見たかっただけ」

「そう？」

「うん」

「とにかく、入ろう」

熊谷はマンションのほうに歩き出した。僕も後ろに続いた。熊谷がカギを回すと、自動ドアは満面の笑みで僕らを迎え入れた。

「ご苦労」と僕は開いた自動ドアに言った。

「何？」と熊谷が聞いた。

「何でもない」と僕は言った。

狭いエレベーターに乗り込んだ。ふと嗅《か》いだことのない匂いがした。

「香水？」

『閉』のボタンを押して、僕は聞いた。

「ああ。うん」と熊谷は頷《うなず》いた。「さっきの溝口くんね、大学の同級生の」

「うん」

気づくと、熊谷は息をつめるようにして僕を見ていた。

「何？」と僕は聞いた。

何でもない、と熊谷は首を振って、上がっていく階数を示すランプを見上げた。

「昨日まで海外に行ってて、お土産に香水を貰《もら》ったの。さっき試しにつけてみたの」

熊谷はランプを見上げたまま言った。

「そう」

部屋に入ると、熊谷はいつも部屋着にしているスウェットに着替えた。

「シャワー、使う？」

「一緒に？」

聞き返した僕に、熊谷はにこりともせず答えた。

「今、駄目なの」

「ああ」と僕は頷いた。

「先、いい？」

「もちろん。ここは君の部屋だ」

熊谷のあとにシャワーを浴びてバスルームから出ると、部屋の電気は消されていた。

熊谷は僕のほうに背を向けて、ベッドで丸くなっていた。微《かす》かな寝息が聞こえてきた。熊谷は知りもしないのだろう。本当に寝ている熊谷は微かな寝息すら立てていないのだ。

熊谷の意思を汲《く》んで、僕はあたかも寝ている熊谷を起こさぬよう気を遣っているかのように、そっと熊谷の横に体を滑り込ませた。その嘘を続けるべきかどうかを考えるような間のあと、寝息が止まった。

「彼ね」

もぞもぞと僕のほうに体を向けながら、熊谷は言った。

「彼？」

「大学の同級生の溝口くん」

「ああ。うん。さっき聞いた」

「大学の、同級生の、溝口くん」と熊谷は僕の顔をじっと見て、繰り返した。

「だから？」

訳がわからず問い返した僕に、熊谷はため息をついた。

「疲れてるんだね」

「うん？」

「柳瀬さん、絶対、疲れてる。もう眠りなさい」

「あ、うん」

「おやすみ」

熊谷は僕に背を向けて、丸まってしまった。後ろから抱き締められる姿勢ではなかった。熊谷は体全体で僕を拒絶していた。

何をそんなに怒っているのだろう、と僕は考えた。男友達と一緒だったことを咎《とが》めるべきだったのだろうか。けれど、熊谷が僕との付き合いの中でそういう束縛のされ方を望むようには思えなかった。

熊谷は寝息を立てずに眠り始めた。時々、体がびくっと震えた。そのまま熊谷は僕のほうに寝返りを打ち、体を寄せてきた。嫌な夢でも見ているのかもしれない。苦しそうに眉が寄せられていた。

「大丈夫だよ」と僕はその髪に手を当てて、囁《ささや》いた。「大丈夫。大丈夫」

けれど、熊谷の苦しげな表情は変わらなかった。

なぜ、人間は……

その苦しそうにひそめられた眉間《みけん》を、いつか熊谷がそうしてくれたように指の腹で撫《な》でながら、僕は思った。

なぜ、人間は隣に寝ているその人の夢の中に入り込める能力を身につけなかったのだろう。なぜ、直立二足歩行なんてどうでもいいような能力を優先したのだろう。なぜ、言葉なんて稚拙な能力で満足してしまったんだろう。

人類はきっと、と僕は思った。きっとどこかで進化の方向を間違えてしまったのだ。

翌日、僕と熊谷は一緒にアフィニティー学院へ出かけた。起きてからも、電車の中でも、道を歩いているときも、熊谷は何か別のことを考えているようだった。僕に話しかけようともしなかったし、僕が話しかけることを許しもしなかった。無言で学院まで歩いてきて、さすがに僕は口を開いた。

「昨日」と僕は言った。「何の夢を見ていた？」

「夢？」

学院へ向かう雑居ビルの外階段に一歩足をかけて、熊谷は怪訝《けげん》そうに僕を振り返った。

「苦しそうだった。嫌な夢でも見てた？」

「ああ」と熊谷は頷いた。「海の中を泳いでいる夢。大勢の人がね、群れをなして、同じ方向に向かって、真っ青な海の中を回遊魚みたいに泳いでいるの」

「楽しそうだな」と僕は言った。「僕も仲間に入れて欲しかった」

「柳瀬さんもいたよ」と熊谷は無感動に言った。「私のすぐ横を泳いでるの」

「それはいいな」と僕は大げさに喜んでみせた。「どうせなら同じ夢を見たかった。僕なんて、砂漠の中を歩き回っている夢を見た。砂漠のくせに、あっちこっちに建物があるんだ。お腹が減ってるし、喉《のど》が渇いているし、建物の中に入りたいんだけど、駄目なんだ。どこもオートロックで、カギがないと入れないって自動ドアが僕を追い払うんだ」

僕は笑いかけたのだが、熊谷は笑ってくれなかった。

「すぐ横で泳いでいる柳瀬さんに話しかけようとするとね」と熊谷は階段を上りながら自分の話を続けた。「水が口の中に入ってきて溺《おぼ》れそうになるの。すごく苦しかった。手を伸ばして、柳瀬さんに助けを求めるんだけど、気づいてくれないの。仕方ないから、みんなの真似をして私も黙って泳いでるの。ただ泳いでるの。お客のいないメリーゴーランドの木馬みたいに。私は段々、悲しくなってくるの。悲しくなって悲しくなって柳瀬さんの腕をつかむんだけど、柳瀬さん、すごく邪魔そうな顔で私を見て、手を振り払っちゃうの」

階段を先に上る熊谷は、明らかに咎めている目線で僕を見下ろした。

「それは悪かった」

理不尽だとは思ったが、僕は謝っておいた。

「きっと、君だとは気づかなかったんだ」

「今更謝ったって遅いわよ」

熊谷は言って、さっさと学院の中に入って行ってしまった。

いつも通りの授業風景だった。ミカちゃんはいつものように机に突っ伏して眠っていた。いつも音楽を聴いている生徒は今日も音楽を聴いていたし、いつもクロスワードパズルをしている生徒は今日もクロスワードパズルをしていたし、いつも本を読んでいる良二くんは今日も本を読んでいた。僕は渡さんの真似をして、机の間を一回りした。さりげなく後ろから覗《のぞ》き込むと、読んでいる本はドストエフスキーの『罪と罰』らしかった。僕は思わず足を止めた。『罪と罰』。僕が足を止めた気配に良二くんが僕を振り返った。

「さて、このあとどうなるのでしょう」

他の生徒たちの邪魔にならぬよう、僕は声を落として言った。

「一、改心して自首し、自分の罪を償う決心をする。二、悪人は悪人らしく、盗んだ金を自分のものとした上でしらばっくれる。三、人の手を借りずに、自分で自分を罰する」

良二くんは何も答えなかった。迷惑そうな顔も、馬鹿にしたような顔もしなかった。あたかも振り返った先には誰もいなかったような顔で、また本に戻った。渡さんが助力の必要性を問いかけるように僕を見て、僕は首を振った。渡さんがいたところで、状況が好転するとは思えなかった。

結局、良二くんは昼休みまでずっとその本を読んでいた。十二時になり、勝手に腰を上げ始めた生徒たちと同様、良二くんも席を立った。僕は教室を出たところで、良二くんを捕まえ、近くの喫茶店に誘った。

道を挟んで学院の前にあるその喫茶店は、初老のマスターが一人で切り盛りしている。いつ行っても客はほとんどいない。その静けさと、かなり苦いオリジナルブレンドコーヒーの味を気に入って、僕はたまに足を運ぶ。マスターは昔は商社マンだったという。

高度経済成長の時期、最前線で戦っていた企業戦士は、突然の妻の死を契機に会社を辞め、わずかな退職金を元手にこの喫茶店を始めた、と、何度かにわけて聞いたマスターの昔話をつなぎ合わせると、そんな話になるようだ。

僕と良二くんは通りを見渡せる窓際の席に向かい合って座った。食事のメニューといえば、パスタくらいしかない。僕はミートソースを頼んだ。良二くんはペペロンチーノを頼んだ。オーダーを取ったマスターはいったんカウンターの中に戻り、それからすぐに小さなサラダを僕らの前に持ってきた。僕らはしばらく黙ってそれぞれの皿に載った葉っぱをつついていた。良二くんは唇から溢《あふ》れたドレッシングを指で拭《ふ》き取って、ぺろりと舐《な》めた。彼が夜な夜なナイフを振りかざして他人を襲っている姿を僕は想像できなかった。

「お母さんが来たんだ。昨日」

自分の分のサラダを食べ終え、良二くんもサラダを食べ終えるのを待って、僕は口を開いた。

「聞いてます」と良二くんが言った。「柳瀬さんと話すように言われました。母は柳瀬さんなら、僕を理解してくれるかもしれないと言ってました」

理解してくれる、と繰り返して、良二くんはくすっと笑った。

「母はずいぶんと楽になったみたいです。昨日までは、可哀想なくらい怯《おび》えていたのに。柳瀬さん。いったい、母に何を言ったんです？」

「大したことは言ってない」と僕は言った。「ただ、お母さんと君とは別な人間だって、そう言っただけ」

「それだけですか？」と良二くんは言った。

「そう。それだけ」

僕は頷《うなず》いた。良二くんは困惑したようだ。少し首をひねって、言った。

「母はそんなことに悩んでいたんですか？」

「もちろん、そんな抽象的なことで大人は悩まない。空の青さに涙を流していられるほど、大人は暇じゃないんだ。お母さんが悩んでいたのは、もっと別な、具体的なことさ」

「ずいぶんもったいぶった言い方をするんですね」と良二くんは笑った。

マスターが僕のミートソースと良二くんのペペロンチーノを運んできた。

「何か、かけますか？」

マスターが宙を差して言った。

「あ、ええ」

にこりとしたマスターは、カウンターの中に戻ると、隅にあったオーディオを操作した。店内にウェストコーストの軽快なジャズが流れた。

「わかったよ。はっきり言おう」と僕は言った。「君の家の近所で通り魔事件が頻発している。お母さんは君が犯人だと思っている。渡さんもそう思っている。僕もそう思う。

君はどう思う？」

「僕もそう思います」

「自首する気は？」

「ありませんね」

「だったら」とフォークを取り上げて、僕は言った。「だったら、僕は警察に行く。このミートソースを食べて、食後にコーヒーを飲んだら、すぐに行く」

「止められはしないでしょうね」と良二くんもフォークを手にしながら言った。「誰だってそうするでしょうから」

ペペロンチーノを食べる良二くんからは、何の緊張も感じられない。たぶん、本当に僕を止める気もないのだろう。

「わからないな」と僕は言った。「君がいい子だとは思わないよ。優しい子かどうかも知らない。だから、君が何をしでかしたところで、驚く筋合いはないのかもしれない。でも、何でよりによって、通り魔なんだ？　全然、意味がないじゃないか。通りすがりの、見も知らぬ人を切りつけて、それで何が楽しい？」

「通りすがりの、見も知らぬ人を切りつけて、それで何がいけないんです？」

良二くんは言った。僕は言葉につまった。フォークを手にしたまま、僕らはしばらく見つめ合い、そして良二くんが噴き出した。

とか僕が言ったりすれば、と言って、良二くんは再びペペロンチーノに取りかかり始めた。

「善だの悪だの常識だの良心だのっていう、例の下らない議論が始まるわけですね」

馬鹿馬鹿しい、と良二くんはパスタを口に入れたままもごもごと言った。

「強盗をしなかったのは、お金なんて特に欲しくなかったからです。人を殺さなかったのは、殺しちゃ可哀想だと思ったからです」

「答えになってない」と僕は言った。「どうしてそんなことをする？」

「それが犯罪だからですよ」

「犯罪を犯してみたかった？」と僕は聞いた。「だったら、そこらのスーパーで万引きでもしてればいい」

違う、違う、違う、と良二くんは言った。やっぱり、何にもわかってない。

「だったら、わかるように言ってくれ」

「絶対的な善が存在しないのと同じように、絶対的な悪など存在しません。行為に価値がないのならば、残るのは意味だけです。その行為をなすことに、あるいはなさないことに、いったいどんな意味があるのか。わかりますか？」

「続けて」

「犯罪を犯さないのは、それを犯せば、その社会の中で不利な扱いを受けるからです。けれどそれは、ルールに従っていれば社会の中で公正に扱われる、という前提があって、初めて抑止力たり得るんです。僕らの世代にはその前提がない。ルールを守ろうと、守らなかろうと、僕らは不利な扱いを受けるんですから」

「なぜ？」

「僕らがマイノリティーだからですよ」

「マイノリティー？」

「年寄りが増え過ぎたんです」

良二くんは赤唐辛子を皿の隅に除《よ》けながら言った。

「そして、これから先もどんどん増えていく。この先、少数者である僕ら若者は、社会の中で、その年寄りたちを養っていかなければならない。否応《いやおう》なくね。残念ながら、僕らは民主主義社会に生きています。その社会では、多数者の意思が尊重される。多数者である年寄りに媚《こ》びた政治家が選挙で通って議事堂に集まって、年寄りに媚びた政策を続々と立法化するんです。ということはですよ。その法に従う限り、僕らはこの先ずっと、年寄りの言いなりになって暮らさなければならないんです。腹が減った。飯を食わせろ。腰が痛い。病院に行かせろ。退屈だ。遊び場を作れ」

良二くんは肩をすくめた。

「僕らは、年寄りのわがままを通すために、延々と搾取され続けるんです。崇高なる民主主義の、偉大なる多数意思という名のもとにね。それが、どんなにうんざりすることか、柳瀬さんにだってわかるでしょう？　今だってそうだ。赤字国債っていう、あの膨大な借金をいったい誰が払うんです？　政治家ですか？　企業家？　冗談じゃない。そのツケが回ってくる頃、奴らはとっくに棺桶《かんおけ》に入ってますよ」

「その腹いせに、通り魔？」

違いますよ。何を聞いてるんですか。

良二くんは呆《あき》れたように言った。

「だから、僕らが僕らの意志を通そうと思ったら、今のこの社会とは別な社会で生きるしかないわけです。この社会の基盤そのものを否定するしかないんです。だから、これは通告です。この社会で生きる気など、僕は毛頭ない。この社会を司《つかさど》る法など、僕は認めない」

「言っている意味はわかったよ」と僕は言った。「それでも、人を切りつける理由にはなっていないと思う」

「多数者は怖いですからね」と良二くんは笑った。「知らぬ間に、取り込まれてしまわないとも限らない。今だって、若者は十分に甘やかされています。奴らは手を替え、品を替えて、僕らを甘やかし、駄目にしようとするでしょう。それに騙《だま》されて、搾取され続ける人生を歩む奴らもいるでしょう。そんなのごめんですからね。僕はいずれ捕まります。取り調べを受けたときのために、せいぜい劇的なセリフでも考えておきますよ。人の罪は人の血によってのみ贖《あがな》われるのだとか、僕は選ばれた人間で人を傷つける資格があるのだとか、誰にも理解できないような理由をね。そして僕はモンスターになります。モンスターなら、社会のほうから放り出してくれます。取り込まれることはない」

逮捕されることが目的で人を傷つけたと彼は言う。ならば自首など、諭すだけ愚かだ。

「理屈は通っている。でもそれだけだ。君の言っていることは、頭のいい子供が、頭で考えた屁《へ》理屈だ」

「頭で考えた屁理屈で動く。だからこその人間でしょう?」

「なあ、今の中学生って、みんな君みたいなことを考えているのか?」

「意識的に考えていなくても、頭のどこかにそういう不公平感はあるでしょうね。好きに生きればいいと大人は言う。でも、大人がそう言うときには、『この社会の中で』っていう一番大事な一言を隠している。この私がいる、この社会の中で、生きてくれ。そこでなら好きにしてくれていい。見苦しいですし、身勝手ですよ。その浅ましさには、みんな気づいていると思いますよ。腐ったものは匂いますから」

最後の一言だけを聞きつけたのか、水を注ぎにきたマスターが問いかけるように良二くんを見て、それから僕を見た。

「何か、匂いますか?」

良二くんはおもむろに身を乗り出すと、マスターの鳩尾《みぞおち》の辺りに顔を寄せて、鼻を鳴らした。

「匂いますね」と下から睨《ね》め上げるようにマスターを見て、良二くんは言った。「あんたもすごく匂う」

マスターが腕を折って、自分の鼻に袖《そで》を当てた。

「よせよ」と僕は良二くんを叱って、マスターに言った。「すみません。そうじゃないんです。違う話です」

マスターは首をひねりながらカウンターの中に戻っていった。

「そして今更心理学者の指摘を待つまでもなく」と水を注ぎ足されたグラスに口を当ててから良二くんは続けた。「人間の行動の専らを司るのは、意識ではなく無意識です。もし、本当に精神分析医が患者の無意識を引き出せるというのなら、犯罪を犯した少年たちの無意識を全部引き出してみればいいんです。そうすれば明らかになりますよ。彼らは一斉に喋《しゃべ》り出しますよ。嫌だ嫌だ嫌だ嫌だ嫌だ嫌だ
嫌だ嫌だ嫌だ嫌だ嫌だ、と良二くんは続けた。

マスターがぎょっとしてこちらを見た。良二くんはやめなかった。

嫌だ嫌だ嫌だ嫌だ……

世界を呪う呪詛《じゅそ》が続いた。それを止めるにはたぶん、と僕は思った。たぶん、彼を殺すしかないのだろう。だったら……

僕は力を抜いた。僕らだけが世界から遮断された。光と音と匂いが、僕らの周りから一つ遠ざかった。隔離された箱の中で、僕の意思が姿を消した。主を探して、僕の波長が触手を伸ばし、良二くんの波長を捕らえた。良二くんの波長は恐怖に震えていた。

「そう。怖いんだね？」

僕の声が静かに言った。呪詛がぴたりと止まった。

「怖い？」

惚《ほう》けたように僕を見て、良二くんが繰り返した。

「ええ。怖いですよ。多数者はいつだって……」

「多数者？」

同じ理屈を繰り返そうとする良二くんを僕の声が押し止《とど》めた。

「多数者って、誰のこと？」

「だから、それは……」

「大人たち？　でも、君は大人になんて怯《おび》えていない。君はただ、大人を馬鹿にしているだけだよ」

「いけないですか？」

「いけなくなんてないさ。馬鹿だと思うなら、馬鹿にすればいい。でも少なくとも、君は大人に怯えてなんていない。君が怯えているのは、もっと別のことだ。そうだよね？」

逃げ道を探すように、良二くんの瞳《ひとみ》が微《かす》かに揺れた。けれど、彼に逃げ道はなかった。その狭い箱の中にいるのは、彼と彼の波長だけだった。

「僕が」

一つあえぐように息を吸ってから、良二くんは言った。

「僕が何に怯えているって言うんです？」

「君自身に」

「僕自身？」

「そう。君自身が、君がもっとも馬鹿にしている大人たちと同じになってしまうことに。どうしようもなくそうなってしまうことに。君は頭が良過ぎた。頭が良過ぎたから、自分が特別じゃないことをわかってしまった。譬《たと》え、自分がどうあがいても、あの大人と一緒になってしまう。それに気づいてしまった」

　良二くんは笑おうとした。うまく笑えなかった。右の頬だけが引き攣《つ》った。

「君はもっと早く生まれるべきだったんだ」

　僕の声が慰めるように続けた。

「学歴信仰が生きている時代なら、君だってもっと希望を持てただろう。与えられた問いに対して、決められた方法論で、一斉に答えを探すのなら、君はたぶん、君の周りにいる誰よりもうまくやれる。けれど、あいにくと、君は生まれるのが遅過ぎた。今、そんな能力を持っていたって、社会では大して役には立たない。かといって、君はプロ野球選手にはなれないし、サッカー選手にもなれない。歌手にもなれないし、絵描きにも、詩人にもなれない。そしてそれに気づかないほど馬鹿でもなかった。だから見えてしまった。自分のその後の人生が、ありありと見えてしまった。そうだろう？」

「わかりましたよ」

　開き直ったように、良二くんは頷《うなず》いた。

「ええ、そうですよ。怖いですよ。だから、いつだって怯えてますよ。朝、起きるのが怖い。飲み込まれてしまいそうで、町を歩くのも怖けりゃ、電車に乗るのも怖いし、テレビを見るのだって怖い。自分の体がぶくぶくと成長していきそうで食事をするのも怖いし、その結果として糞《くそ》をするのも怖い。どうせ起きてしまうのなら、寝ることすら怖い。ただ」

良二くんはそこで言葉を切った。

「ただ？」

僕の声が良二くんを包み込んだ。良二くんは上目遣いに僕を見て、初めて恋を告白する少女のように、そっと言った。

「ただ死ぬことだけが怖くない」

「そしてそのことが何より一番怖いんだ。そうだね？」

良二くんはこくんと頷いた。

「僕は」

良二くんは言った。

「僕はどうすれば良かったんです？」

「受け入れれば良かったんだ。君は特別じゃない。特別じゃない君は、特別じゃない大人になって、特別じゃない人生を歩む。そのことをただ受け入れれば良かったんだ。どんなに人を傷つけたところで、どうしようもない君の凡庸さは、君に一生ついて回る。

モンスター？　無理だよ。君にはなれない。君はそこまで特別な存在でもなければ、選ばれた人間でもないんだ。君も知っている通りね」

　良二くんは肩を落とした。僕の波長が良二くんの波長から離れ、僕は自分の波長を取り戻した。雲の向こうにある弱い日の光が、ガラス越しに僕らを柔らかに照らしていた。トランペットが心から楽しそうに軽快な旋律を奏でていた。店内に染みついたコーヒーの匂いが僕と良二くんを包んでいた。僕の前には涙を流す良二くんがいた。初めて来た町で道に迷った小さな子供のように、良二くんはしくしくと泣いていた。

「凡庸な人生のどこが悪いんだ？」

　無駄な慰めだと知りつつ僕は言った。

「同じ人生なんてない。どんなに凡庸だって、それは君だけのものなんだ。その凡庸さに胸を張ればいいんだ」

　もちろん、良二くんの涙は止まらなかった。十五歳の男の子が、凡庸な人生など受け入れられるはずもない。その凡庸な人生がどんなものかは、彼の周りの大人たちが嫌というほど教えてくれる。残念ながら彼が生まれたのは、それほど豊潤な社会でもなかったし、それほど豊潤な時代でもなかった。

「僕はもう」と良二くんは泣きながら言った。「その凡庸さにすら戻れないんですよ」

「そうだとしても」と僕は言うしかなかった。「それが君の人生なんだ」

「冷たいんですね」

良二くんは泣き腫《は》らした目を上げて、僕を睨《にら》んだ。

「そんなこともないよ。ここは僕が奢《おご》る」

示すべき感情に迷うように、一瞬しらけた顔をした良二くんは、やがてちょっとだけ笑ってみせてくれた。

「コーヒーも飲む？」

聞いた僕に良二くんはこくんと頷いた。

5

目を覚ました。頭はまだ眠りを欲していた。なぜ目覚めたのだろうと考えながら、僕は枕元の時計を見遣《みや》った。朝の五時だった。部屋の中はシンとしていた。外からも音はなかった。目覚めた原因がわからないまま、僕はもう一度眠りを求めて、姿勢を直そうとした。その拍子に巡らせた視線が、部屋の隅の鏡の中で男の視線とぶつかった。昨夜、カギをかけ忘れたのだろうか。僕は心からうんざりしながら、布団を抜け出した。

「疲れているようですね」

いつかと同じように戸の前に立って男は言った。

「ええ。疲れてます。だから、そろそろこの辺で」

男の脇に手を伸ばして、僕は戸を押し開けようとした。男はそちらに体を寄せて、僕の手の動きを封じた。

「こんな早い時間に申し訳ないとは思ったんですがね」

男はさして申し訳なくもなさそうにのんびりと言った。

「もう一つの可能性に気づいたんです」

「はい？」と僕は聞き返した。

「笠井が黙秘を続けるもう一つの可能性。それをお話ししようと思いまして」

「どんな可能性です？」

「誰かを庇《かば》っている」

「誰を？」

「立花サクラ」

男は言った。相変わらず優雅な笑みと退屈そうな目付きで、僕を見ていた。

「ご存じですね？　被害者の娘です」

男が何を言おうとしているのかが量り切れず、僕は沈黙を守った。男は気にせずに続けた。

「事件直前、彼女が病院近くにいるのを見たという看護婦の証言を聞き込みました。どう思われますか？」

「母親が入院しているんです。いたっておかしくないでしょう？」と僕は言った。

「駄目です、駄目です」と男は笑った「事件が起こったのは、深夜、一時近くですよ。

面会時間ならとっくに終わっています。そんな時間、病院に、立花サクラは何をしに行ったんです?」

「おかしいですね」と僕は言った。

「ええ。おかしいです」と男は頷いた。

「そんな時間に、中学生の女の子を目撃すれば、大概の人間は不審に思うはずです。彼女を目撃したとかいうその看護婦は、どうして彼女に声をかけなかったんです? おかしいじゃないですか。その話、信用できるんですか?」

「ああ。そういう意味ですか」と男は笑った。「疲れていたそうです」

「はい?」

「今の柳瀬さんと同様、その看護婦も疲れていたんです。長い勤務が明けて、やっと寮に戻れる。そんなときに、患者の娘を見かけた。不審には思ったが、声をかける気にもなれなかった。筋は通っていると思いますが?」

頷くしかなかった。男はたたみかけた。

「どう思います?」

「つまり」と僕は言った。「その女性を殺したのは立花サクラで、教授はそれを庇っているのだ、と?」

「そうなんですか?」

その答えに誘導しておきながら男はとぼけた。

「まさか。教授にそんなことをする理由はないでしょう。何で教授が、アカの他人である十四歳の女の子を庇わなきゃいけないんです？」

「笠井は人格者だそうですね。その女の子に同情し、庇った。どうです？」

「確かに教授は人格者ですが」と僕は言った。「英雄ではない。ヒロイズムに酔うほど、安い人間だとも思えません」

男と僕は睨み合った。

「まあ、いいでしょう」

男は言って、すっと視線を外した。

「どちらにしろ、この件はもう少し探ってみますよ。それから、お父上の事件のほうですが」

「お話しする気はないと言ったはずです」

僕は自分が出し得る一番冷ややかな声を出そうとし、それは成功したようにも思えたが、男には効かなかった。

「お母様は癌だったそうですね。しかも、もう手遅れだった」

「だから何です？」

「それがあの事件の原因だったのですか？　しかし、長い闘病生活があったというのならともかく、お母様の癌は見つかったばかりだった。看病に疲れて、という線は考えにくい。病気を気に病んで、将来を悲観した？　しかし、癌を恐れて殺害するというのも本末転倒でしょう。かといって、他に原因らしきものは見当たらない」

そう。母の体に巣くった癌細胞は、もはや手遅れの状態まで増殖していた。そして……

シンクロしちまったんだ。

父は笑いながら言った。

からりと気持ちよく晴れた空から降り注ぐ初夏の陽射しがあった。どこかしらに目的を持って歩いているのかと思い、僕は学校の校門から黙ってついてきていたのだが、父も足の向くままに歩いていただけのようだった。小さな川を渡る橋の真ん中まで来ると、父は追っていた匂いがそこで途切れた警察犬のように立ち止まり、自分がそこにいることに少し困惑したような顔をした。僕らは橋の欄干に寄りかかった。

結婚してから、十八年。結婚前を入れれば、付き合いは二十五年。二十五年だよ。二十歳前からだもんな。その間、一度もシンクロしなかったのにな。そりゃ、したいときだってあったよ。でも、それはしてはいけないことだとずっと自分に禁じていた。そんな力に頼ることなく、普通の人と同じように、誤解とか喧嘩《けんか》とかを繰り返して理解し合っていくべきだ。そう思ってずっと我慢し続けたんだけどな。でも、今回は……

父自身、それほど深刻なことになるとは思っていなかったと思う。病気で動揺した母の気持ちを少しでも楽にしてやろう。もう一度落ち着いて、その病気と闘う方法をともに考えていこう。そんな気持ちだったのだと思う。しかし、父に母は救えなかった。母はその二十五年間の澱《おり》を一度に吐き出した。二十五年も付き合っていて、互いに不満を抱かぬ関係などあり得まい。しかし、それだけを取り出して見せつけられた父は……

参ったね、と父はまた笑った。

あなたは私を愛していないのよ。

その澱を吐き出したあと、母は父をなじった。

そして私もきっとあなたを愛していない。

母はそう言ったのだという。

母さんは父さんを愛してなかった？

僕は聞いた。

いや。愛してくれてたさ。感情が空回りして、そんな言葉になっただけだ。

なのに、許せなかったのか？

許したさ、と父は言った。そして許した途端にすべてが虚《むな》しくなったんだ。

それから何を話したろう？

僕は思い出そうとしたが、うまく思い出せなかった。僕は父と別れて家に戻った。父から電話があった。駅のようだった。そして父は……

「もしその病気が原因だとするなら」

男の言葉に僕は我に返った。

「いったい、なぜお父上は」

「疲れていると言ったはずです」と僕は言って、戸を開けた。「朝の五時ですよ。少しは遠慮して下さい」

男はしばらく無機物でも眺めるように僕を見つめた。

「まあ、いいでしょう」と、やがて男は言った。「お気持ちが変わることもあるでしょう。気長に待たせてもらいます」

男は去って行った。僕は戸を閉めて、今度こそしっかりとカギをかけた。再び布団に潜り込み、僕はその後の父との会話を思い出そうとした。が、無理だった。そして許した途端にすべてが虚しくなったんだ。そう言った父に自分がどんな言葉をかけたのか、どうしても思い出せなかった。駅から電話をかけてきた父は、僕が何かを言う前に電話を切ってしまった。だから僕は、自分が最後に父にかけた言葉を、父がその生涯の最後に聞いた言葉を、覚えていないということになる。

人の気配を感じて、僕は読んでいた新聞から目を上げた。赤いリボンのついた白いブラウスの制服は立花サクラにまったく似合っていなかった。あまりにも似合っていなくて、その立ち姿は微笑ましくすらあった。毛糸のチョッキを着せられたライオンの赤ん坊みたいだった。

「やあ」

僕は新聞をたたんで脇に置いた。昼下がりの公園では、近所の主婦たちが子供たちを遊ばせ、自分たちはお喋《しゃべ》りに熱中していた。砂場の中央で、三人の女の子がままごとをしていた。隅っこでは男の子が一人、恐ろしく真剣な顔でお城を作っていた。なかなか立派なお城だった。外堀にぐるりと囲まれたお城には、三角屋根の三つの塔があった。

「絶対来るとは言わなかったわよ」

砂場で遊ぶ子供たちを見ながら、立花サクラは不機嫌そうに言った。

「絶対来ないとも言わなかった」

今朝の電話を思い出して、僕は言った。

今朝、男が去ってから、僕は立花サクラの家に電話をして、学校が終わったあと、立花サクラが通う中学校近くにあるこの公園で会いたいと告げた。立花サクラは、一言「そう」とだけ言って、電話を切ってしまった。

「来なかったら、どうするつもりだったのよ。ずっと待つつもりだったの？」

「どうせ暇なんだ」

「そういうの、かっこいいと思ってるなら、勘違いだからね。暑苦しいだけよ」

「いいじゃないか。どうせ君は来た。どうせ僕は待ってた。誰も何も無駄にしてない」

堀に水を入れるつもりなのだろう。男の子はバケツを持って、水道のほうへ駆けて行った。立花サクラはベンチに座っていた僕の隣に腰を下ろした。

「何を読んでたの？」

立花サクラは僕が脇に置いた新聞を顎《あご》でしゃくった。

「知り合いが載ってたんだ」

僕はそのページをめくったままの新聞を立花サクラに手渡した。そこに載っているいくつかの記事を仔細《しさい》に眺め、立花サクラは言った。

「電車で痴漢して、線路を三百メートルも走って逃げて、山手線《やまのて》を二十分間不通にしたって、こいつ？」

「通り魔が頻発している界隈《かいわい》を深夜にパトロールしていた二人組の警察官を襲ったって、そいつ。ナイフで切りつけようとして、現行犯で捕まった」

「いかれた知り合いね」

その記事にざっと目を通してから、立花サクラは新聞を返して寄越した。僕はまた新聞をたたんで脇に置いた。今日、学院で渡さんから貰《もら》ったものだった。

「ご苦労様でした」

渡さんは、僕に新聞を手渡しながらそう言った。僕が取っているのとは違う新聞だったが、書かれている内容に大差はなかった。

「すみませんでした。自首はさせられませんでした」

ざっと記事を読み飛ばして頭を下げた僕に、渡さんは微笑んだ。

「したじゃないですか。それが自首じゃなくて何なんです？」

「警察はそうは受け取ってくれないでしょう。きちんと警察に連れて行くべきでした。まさか、こんなことをするなんて」

「警察がどう思おうと、そんなことはどうでもいいんです」と渡さんは言った。「良二くんは、自分から犯罪をやめた。それが大事なことです。それさえできたのなら、何とかなります。彼はまだまだ若いんですから」

僕にはそうは思えなかった。たぶん、良二くんもそうは思っていないだろう。黙り込んだ僕の肩を一度だけ叩《たた》いて、渡さんは二度とそのことを口に出さなかった。

「きっと、つまずいちゃったんだ。たった一度だけね。運の悪いことに、それがたまたま階段のてっぺんだった。もつれた足をコントロールできないまま、階段を駆け下りていくうちに転ぶことが怖くなって、だから、飛んじゃったんだ。目をつぶって、えいってさ」

「そう」としばらく僕の顔を見て考えてから、立花サクラは頷《うなず》いた。「そういうことって、あるのかもね」

水をいっぱいに入れたバケツを抱えて、男の子がよろよろと歩いてきた。

「それで、私に何か用？」

その男の子のほうを見ながら、立花サクラは言った。

「うん。たぶん」と僕は言った。

「うん、たぶん？」と立花サクラは聞き返した。「うん、たぶんって、何よ、それ？」

「何か用はあるはずなんだけど、何の用なのか、自分でもよくわからないんだ」

「変なの」

「そうだね」と僕は頷いた。「変だ」

「変よ」と立花サクラも頷いた。「すっごく変」

男の子は慎重に堀に水を入れていった。足りなかったようだ。男の子は空になったバケツを持って、また水道のほうへ駆けて行った。ままごとをしていた女の子の一人が、駆け出して行って、輪になっていた母親の一人の袖《そで》を引いた。お喋りに興じていた母親は笑顔でしゃがみ込み、自分の目の位置を女の子の目線の高さに合わせた。女の子が何か言った。母親が何かを答えた。女の子は砂場にいる仲間のもとに戻って、またままごとを始めた。二人のやり取りを眺めていた立花サクラがふっと笑った。

「ねえ」と彼女は言った。「あんたの親ってどんな人？」

「うん？」と僕は聞き返した。

「だから、あんたの両親」と立花サクラは僕のほうを見て言った。「どんな人？」

「難しいな」

僕は言った。言いながら、あの表情を立花サクラも見たのだろうかと考えていた。女の子に袖を引かれた母親は、笑顔でしゃがみ込むその前に、ほんの一瞬、けれど確かに、迷惑そうな、忌々しそうな、他人よりも冷たい表情で女の子を見下ろした。

「普通の人だったと思うな」と僕は言った。「善意だけでできているわけじゃない代わりに、悪意で凝り固まっているわけでもなかった。それなりに正直で、同じくらい嘘つきで、誠実であろうとしながら、小ずるくなるときもあったりしただろうと思う」

もちろん、もっと語ろうと思えば、いくらだって語ることはできた。母はものを大事にする人だった。父と結婚したときに中学時代の恩師からお祝いに貰ったというウェッジウッドのティーカップは、十五年以上使っていてもまるで新品のように真っ白だった。父はものを美味《うま》そうに食べる人だった。父があまりに美味そうに食べるので、僕はハンバーグやスパゲティーよりも鮪《まぐろ》のぬたやいわしの丸干しを好む変な子供になってしまった。母は綺麗《きれい》好きな人だった。父は身の回りのことに無頓着《むとんちゃく》な人だった。母は家の中で過ごすのが好きだった。父は旅行が好きだった。母はオペラが好きだった。父は昔の歌謡曲しか聴かなかった。けれどそれらのすべては僕の中で意味をなくしてしまっていた。いつの頃からか、父も母も、僕の中で変にのっぺらぼうな存在になっていた。普通の人だった。両親を形容するとき、僕にはそれがもっとも相応《ふさわ》しい言葉に思えた。

「普通の人、だった」と立花サクラは言った。「両親、死んでるの？」

「うん」

僕は頷いた。それ以上を説明しかねて、言葉を濁した。

「ちょっとした事故があってね」

「そう」と立花サクラは頷いた。

何が話題になっているのだろう。輪になってお喋りに興じていた母親たちが一斉に笑い声を上げた。やけに神経質な笑い声だった。

「両親が死んで、それであんたは」

笑い声に目を向けて、立花サクラは言った。

「それであんたは、両親を許せた？」

「許す？」とその横顔を見ながら、僕は聞き返した。「許すって、何のこと？」

立花サクラにとってそれは、考えるまでもなく自然に出てきた言葉だったようだ。聞き返されて初めてその言葉の意味を考えるように少し困惑した顔をした。やがて立花サクラは首を振った。

「わかんない。いいの。忘れて」

許す、と僕は考えてみた。両親のことをそういう風に考えてみたことはなかった。母はもちろん、母を殺した父にさえ、僕は許すとか許さないとかいう感情を抱いたことはなかった。それは仕方のないことだったのだ。僕はそう理解していた。あるいは、そう理解するしかなかった。父を恨めば、その恨みは、そのまま僕自身に跳ね返ってくる。母を哀れめば、その哀れみは、そのまま僕の周囲の人々に及んでしまう。

「君は」

純粋な疑問として僕は聞いてみた。

「お母さんが死んで、それでお母さんを許したの？」

立花サクラは答えなかった。

ままごとに飽きたのだろう。一人の女の子が立ち上がり、主《あるじ》のいないお城を見下ろした。水道でバケツに水を入れている男の子のほうをちらりと見たその目が輝いた。残りの二人の女の子もやってきて、お城を見下ろした。主のいないお城が、三人の女の子に囲まれた。最初に立ち上がった子が、塔の一つをおもむろに足で踏み潰《つぶ》した。くしゃりとあまりに綺麗に潰れたその様が気に入ったのかもしれない。丹精込めて作ったお城を三人の女の子が代わる代わる足で踏みにじって滅茶苦茶《めちゃくちゃ》にしてしまった。男の子が戻ってきた。水をいっぱいに入れたバケツを手にしたまま、彼は破壊され行くお城を茫然《ぼうぜん》と見ていた。女の子たちは気持ち良さそうに破壊の限りを尽くした。やがて女の子たちが滑り台へと立ち去り、何もない砂場と水をいっぱいに張ったバケツを抱えた男の子だけが残された。

「近衛兵《このえ》も作っておくべきだったんだ」と僕は呟《つぶや》いた。「騎馬隊も、大砲も、作っておくべきだった。君の王国は平和過ぎた」

男の子はバケツをその場において、ブランコのほうへと歩いて行った。

「許してない」

立花サクラがぼそりと言った。それが、先ほどの僕の質問に対する答えだと気づくのにしばらく時間がかかった。

「そう」と僕は言った。

「ねえ、死んでも許せなかった人を、どうやったら許せると思う？　もう、死んでるのに、それ以上どうすれば許せると思う？」

立花サクラは真剣な顔で僕に聞いた。それはテストのようだった。彼女は彼女が持っている何かを僕が共有しているかどうかを試していた。たぶん、自分でもそうとは知らないままに。どんな答えが正しいのかわからず、僕は正直に答えるしかなかった。

「まだ許せていない。でも許したいと思っている。そういう気持ちが大事なんだと思う」

まずい答えだったようだ。少なくとも立花サクラが期待したものとはかけ離れた答えだったようだ。

「そだね」

立花サクラは簡単に頷いて、ベンチから立ち上がった。

「そろそろ帰る」

立花サクラはついと立ち上がって、公園から出て行ってしまった。僕は追わなかった。その日、立花サクラは本当に病院に行ったのか。行ったのならば、何をしに行ったのか。そこで母親を殺したのか。それを聞くには、僕と彼女との間には距離があり過ぎた。すべてを否定してくれるのならいい。けれどすべてを肯定されたとき、僕は彼女に何もしてあげられそうになかった。責めることも、それこそ、許すことも。

ブランコの揺れる音が耳についた。目をやると、男の子が一人きりで楽しそうにブランコをこいでいた。その小さな体が投げ出されそうになるくらい、ブランコは大きくかしいでいた。男の子の目は公園の敷地を越え、その先の道路も越え、はるか遠くに注がれていた。そこまで飛べると信じているようだった。お喋《しゃべ》りに興じる母親たちはそれに気づいていなかった。怪我をする彼も、諦《あきら》めてブランコを降りる彼も見たくなかった。僕はベンチから立ち上がり、足早にその公園をあとにした。

夜になって雨が降り出した。僕はいつものラーメン屋で食事を済ませた。一人の部屋になど戻りたくもなかったが、また熊谷の部屋に行くこともはばかられ、仕方なく雨の中を小走りにアパートまで駆け戻った。部屋の前まで来て、僕は足を止めた。ドアと桟の隙間から、明かりが漏れていた。いくら不景気な世の中だからといって、このアパートに盗みに入るほどいじましい人がいるとも思えなかった。優雅な笑みと退屈そうな目付きが頭に思い浮かび、僕はため息をつきながらドアを開けた。

「お帰り」

部屋の真ん中辺りに座ってテレビを見ていたミカちゃんが、何でもなさそうな顔で僕を振り返った。テレビでは舞台に立った二人組が、どう聞いても作られた効果音にしか聞こえない観客の笑い声を誇らしげに勝ち取っていた。

「ただいま」

その画面に目を向けながら、僕もできるだけ何でもなさそうな顔で言った。僕が靴を脱いで部屋に上がると、ミカちゃんは台所に立った。

「コーヒーでいい？　インスタントで悪いんだけど」

「うん。ありがとう」

無機質な笑い声が耳障りだった。僕はテレビを消した。仰々しさが消えたあとの静けさの中に、ミカちゃんの少しバツの悪そうな顔があった。

「ごめん。勝手に上がっちゃって」

シンクに腰を預けるようにして僕のほうを向き、ミカちゃんが言った。

「カギはどうした？　閉まってたろ？」

「うん。でも、蹴飛《けと》ばしたら開いた」

「ふうん」

僕はドアを見た。どうもすいませんねえ、と頭を掻《か》きながら、へらへらと謝りそうなドアだった。熊谷のマンションのオートロックとは比べるべくもなかった。

「痛くなかったか？」と僕はドアに聞いた。

「大丈夫。丁寧に蹴飛ばしたから」とミカちゃんは言った。

僕は脱いであったミカちゃんの靴を見た。茶色い木靴みたいな形をしていた。それで自分が脛《すね》の辺りを蹴られるところを想像してみた。

「大変だったな」と僕はいたわった。

「いいのよ。こっちが勝手に上がり込んだんだから」とミカちゃんは言った。

お湯が沸き、ミカちゃんはコーヒーを淹《い》れたカップを持って戻ってきた。

「ありがとう」

僕がカップを受け取ると、ミカちゃんは僕の前にぺたんと腰を下ろした。毛繕いをする小猿のようにしばらく髪の先をいじっていたミカちゃんは、やがてそのままのポーズで言った。

「ねえ、今日一日でいいから泊めてくれない？　また電車代、なくなっちゃってさ」

「布団が一つしかないんだ」

ミカちゃんの淹れてくれた少し甘いコーヒーをすすりながら、僕は言った。

「もう遅いし、雨も降り出した。これを飲んだら、家まで送って行くよ」

ミカちゃんは何か言いかけたが、言葉を飲み込んだ。

「うん？」と僕は聞いた。

ハハ、とミカちゃんは脈絡もなく笑い、そのまま呟いた。

「何か、惨めでさ」

「惨め？」

「アタシ、泊まるところなんて、これまで、何人にも紹介してあげてきたんだよね。家出してきた子とかにさ」

ミカちゃんは言って、今度は声を上げずに笑った。泣きたいけど、泣くわけにもいかないから、代わりに笑っておいた、という感じの笑顔だった。

「でも、考えてみれば、自分が泊めてもらえるような人、一人もいなかった」

「そんなことないだろう？」

「いなかったんだよ。一人も。アタシも驚いちゃったんだけどね。そりゃ、単に寝るだけだったら、いくらだってあるよ。そこらの道端で寝たっていいんだから。でもさ、家にも帰りたくなくて、夜通し遊ぶ気分でもなくて、どこかでぐっすり眠りたいなっていうときに、泊めてくれるような人、誰もいなかった。誰も思いつかなかった」

「一人ぐらいいるだろう?」

「そうだね。そう。一人だけいた」

ミカちゃんは言って、僕をじっと見た。

「何があった?」と僕は聞いた。

「何もないよ」とミカちゃんは言った。「何もないからこそ、やり切れないときって、あるでしょう?」

ミカちゃんがすがるように僕を見ていた。僕はテレビを消したことを後悔した。そこにある緊迫感を逸《そ》らす場所が見当たらなかった。そして僕の困惑などミカちゃんは見越していた。

「布団」とミカちゃんは言った。「一つ、あるんでしょ? だったら十分だと思わない? 五人で寝ようって言ってるんじゃないんだから」

「なあ、君がどう思っているのかは知らない」と多少の嘘が混じるのは承知で僕は言った。「でも、僕にとって、君は十分に魅力的な一人の女性なんだ。同じ布団で寝たりなんかしたら、自分が何をするかわからない」

「いいよ。何されたって」

ミカちゃんの視線に微《かす》かに媚《こ》びるような色が差した。そこにあるのが愛情じゃないことくらい、僕にはわかる。けれどミカちゃんにはわかってない。それがどんなものかすら、たぶんこの子は知らない。

「そこにあるのが愛情なら、僕だってこんなこと言わない。黙ってシャワーを貸して、一緒に布団に潜り込んでる」

「アタシのこと、嫌い？」

「そんなわけない」

取り交わされる言葉の無意味さに僕はため息をついた。彼女が傷ついていることくらい、僕にだってわかった。彼女の言う方法で、彼女が少しでも安らぐのならそれでもいいんじゃないかと思った。それ以外の方法など思いつきもしなかった。けれどもちろん、ミカちゃんと寝るわけにはいかなかった。

「ごめん。疲れてるんだ」

僕は言った。ミカちゃんが僕の手からカップを取って、脇に置いた。僕の膝《ひざ》に座って、正面から僕の首に両腕を回した。

「ねえ」

諭すようにそっと、ミカちゃんが僕の耳元で言った。ミカちゃんの息が頬をくすぐった。

「欲望から始まる愛情だってあると思わない？」

ミカちゃんの匂いが僕を包んだ。女性と呼べる匂いではなかったが、それは明らかにオスの匂いとは違っていた。

「愛情は愛情で始まって、愛情で完結する。他のものから始まったりしない。他のもので終わったりもしない」

「本当に？」

「たぶんね」

ミカちゃんは僕の眼の奥をじっと見つめ、それから僕の膝から下りた。

「行く」

「送るよ」

「ただ泊まるだけのところだったら、いくらだってある。大丈夫よ。アタシは大丈夫」

「今日はちゃんと帰ったほうがいい」と僕は言って、立ち上がった。「送るよ」

ミカちゃんももう拒絶はしなかった。僕らは部屋を出て、一つしかない傘に入り、駅に向かって歩き出した。

電車に乗って座席に座ると、ミカちゃんは僕の肩に小さな頭を乗せて眠り始めた。そこで電池が切れたような眠り方だった。僕は肩を動かさないよう気をつけながら車内を見回した。電車に乗っている人は、みんな疲れているように見えた。みんな疲れていても、帰る場所を目指して、黙々と電車に揺られていた。僕は自分の肩にある小さな頭を見た。夜は今日だけに訪れたわけじゃない。帰る場所すら思い浮かばずに町をさ迷い続けた、ミカちゃんのいくつもの夜を思った。帰る場所がないのなら、行く場所もまたないだろう。ミカちゃんはただ、いる場所だけを求めて、その時々をさ迷っていたのだろう。

ミカちゃんの家は、三つ離れた駅の前にある高層マンションだった。エントランスに人はいなかった。管理人は通いらしい。管理人室はあったが、ガラス戸が閉められ、カーテンが引かれていた。一階にいたエレベーターはほとんど無音で最上階の十二階まで僕らを運んだ。ミカちゃんが角の部屋の玄関を開けると、暗がりの中、一人の男が上がり口に座っていた。僕は思わず息を呑《の》んだが、ミカちゃんに驚いた風はなかった。

「お父さん」

ミカちゃんが呟《つぶや》いた。男に声をかけたようでもあり、僕に男を紹介したようでもあった。男が顔を上げた。

「お帰り」

「ただいま」

「風呂《ふろ》、沸いてる」

「うん」

そのあとの行動に迷って、ミカちゃんは僕を振り返った。僕は頷《うなず》き、行って欲しいと伝えた。ミカちゃんは男の脇をすりぬけて、家の中へと入っていった。横手にあったドアの先はバスルームだろう。ミカちゃんの背中が消えるのを待って、僕は男の隣に腰を下ろした。飲んでいるのかとも思ったが、男からアルコールの匂いはしなかった。男は口を開かなかった。僕がそこにいる不自然さにすら気づいていないようだった。

「聞かないんですか？」と僕は言った。

「聞く？」

男の目が、何を、と続けた。

「中学生の女の子がこんなに遅くまで何をしていたのか。僕は誰なのか」

「聞いてどうする？」

「さあ」

口の周りの疎《まば》らな無精ひげが、男の顔をどこか滑稽《こっけい》に見せていた。髪がだいぶ後退した額には脂が浮いていた。男の右手はずっと左手の薬指にある指輪を撫《な》でていた。脱衣所から風呂場へ、だろう。ドアの先で、また一つドアが開けられる音がした。

「帰ってこなくてよかったんだ」

そうしたミカちゃんを咎《とが》めるように男は呟いた。

「帰ってこないほうがよかったんだ」

「彼女はまだ中学生で、ここは彼女の家で、あなたは彼女の父親だ。そうでしょ？」と僕は言った。「第一、帰ってきて欲しくないのなら、こんなところで何をしてたんです？　どうして風呂なんて沸かしておくんです？」

「君は私を知らない」と男は言った。「私が君を知らないのと同じくらいね」

僕はため息をついた。疲れていた。できることなら、こんな男なんて放り出してさっさと帰りたかった。けれど、無駄だった。男は誰かを求めていた。男の波長も誰かを求めていた。僕は体から力を抜いた。肩を並べて座った僕と男だけが世界から遮断された。闇と沈黙がその濃さを増した。閉じ込められた箱の中で、僕の波長がうずくまっている男の波長を捕らえた。男の波長は、抗《あらが》うこともなく僕の波長を迎え入れた。

「では話して下さい」

僕の声が静かに男を包んだ。

「あなたは、何なんです？」

男は鼻で笑った。笑いを鼻にこびりつかせたままうつむいた。やがて顔を上げて僕を見た男の視線は、焦点を失っていた。

「君はいくつだ？」

男がそう切り出した。

「二十一です」と僕の声が静かに応じた。

「二十一」と男が繰り返した。「私は四十三だ」

僕の倍以上。無意識の幼児期を差し引くのなら、男の上に流れた時間は僕のざっと三倍。それは疲れもするだろう。疲れはするだろうが、それにしたって疲れ過ぎている。

「生まれは栃木でね。宇都宮《うつのみや》の郊外だ。いいところだったよ。関東のくせに雪が多かったけれどね。でも、その冬が一番好きだったな。空気がぴんと澄んでいるんだ。ざっくざっくと雪を踏みしめながら学校に通う冬の朝が一番好きだった。高校を出るまで私はそこで暮らしていた」

男が喋《しゃべ》りたいのは栃木の話でも冬の話でもなさそうだった。それでも僕の声は急《せ》かさなかった。

「いいところのようですね」

「ああ、いいところだったね」

そこにその風景が透かし見えるかのように、男はぼんやりと僕の目を見ていた。

「親父は警察官だった。これが厳しい親父でね。厳しかったが、いい親父だった。毅然《きぜん》としていた。曲がったことが大嫌いだった。子供の頃はよく殴られたよ。些細《ささい》な失敗や悪戯《いたずら》でね。拳骨《げんこつ》で思い切り殴られたな」

その感触を懐かしむように、男は自分の頬を撫でた。

「勉強ばかりを押しつけるような親父じゃなかったが、何につけても手抜きは許さなかった。必死にやって、それでもできないなら仕方がない。ただ、やる前から言い訳を用意するような男になるな。そう言われてね。勉強したよ。人並み以上にね。人並み以上に努力すれば、人並み以上の大学に行けるさ。人並み以上の大学に合格して、そこへ通うために上京した」

「そう簡単にできることではありませんよ」

僕の声は静かに男を称《たた》えた。

「続けて下さい」

それに勇気づけられたように、男は言葉を継いだ。

「平和な時代だったな。政治運動は下火になっている。景気は悪くないのだから、卒業後のことも保証されている。保証されているのなら、真面目に勉強するのも馬鹿らしい。そんな時代だった。怠惰でいることが尊敬されるような。けれど、私は手を抜かなかった。人並み以上に努力した。人並み以上の成績を取り、人並み以上の会社に入った。大手の銀行でね。よくやった。親父が初めて褒めてくれたよ。嬉《うれ》しかったな。これでお前も一人前だ。そう言われてね。嬉しかった。もちろん、会社でも手を抜かなかった。与えられた仕事を全力でこなした。周りがみんな頭のいい奴に見えたからね。今まで以上に努力しなければと思ったよ。必死だった。それが認められて、同期で一番早く海外勤務を経験した。二年間、アメリカで金融システムを学んだ。帰ってきて、見合いをして、二十八で結婚した。上司の娘だったが、そんなことが理由で結婚したわけじゃない。彼女は聡明《そうめい》だったし、美しかった。一目で夢中になったよ。彼女も私の気持ちを受け入れてくれた。結婚して、翌年にミカが生まれた」

水音が聞こえてきた。ミカちゃんの肌を滑る水滴たちを思った。

「完璧《かんぺき》だったよ」と男は言った。「聡明な妻。可愛い娘。上司の覚えもめでたく、出世は同期で一番早い。給料だって悪くない。妻には人並み以上の生活を与えられた。ミカには人並み以上の環境を与えられた。妻からは愛を。娘からは尊敬を」

完璧だった、と男は繰り返した。

「そう。完璧ですね」と僕の声がなだめるように言った。「それが？」

「今、銀行がどんな状態にあるか、君も知っての通りだ。うちの銀行も同様でね。身動きが取れない。けれど動かなくては潰《つぶ》れる。動かないものを動かすためには多少の犠牲は必要になる」

「犠牲？」

「人事の刷新。それに名を借りた、責任の押し付け合い。誰が悪いわけでもない。けれど誰かを悪者にしなければならない。悪者にすべてをかぶらせて、ゼロから始めるしかない。そのスケープゴートに選ばれたんだ。私に目をかけてくれていた上司がね。一蓮《いちれん》托生《たくしょう》、だな。私も辞めざるを得なかった。そう悲壮な気分だったわけじゃない。再就職先などすぐに見つかると思っていた。それだけの自信があった。他の人ならともかく、私なら、と、そう思っていた」

思い上がりだったよ。

男の目に悲痛な色が宿った。

とんだ思い上がりだった。

「仕事は見つからなかった。無理に就こうと思えば、それはできた。が、私はそれでは納得できなかった。人並み以上にやってきた。これからだって人並み以上にやれる。それなのにどうして人並み以下の仕事に満足できる？　ずるずると先延ばししているうちに景気もずるずると悪くなっていった。見送っていた仕事にさえ就けないようになった。焦ったよ。妻に人並み以上の生活を与えてやれない。娘に人並み以上の環境を与えてやれない。真綿で首を絞めるとは、ああいう状態だろうな。今、就ける仕事は前に就けた仕事より見劣りする。あのとき決めておけばよかったと後悔する。それだって大した仕事ではなかったことに気づいて、後悔している自分に嫌気が差す。別のものを、贅沢《ぜいたく》は言わない、ただもう少しましなものをと思って今の仕事を見送ってしまう。次に見つかる仕事はその仕事よりも見劣りがする。時間が経てば経つほどそのレベルはどんどん下がっていく。それにつれて妻の愛が離れていく。娘の尊敬が薄れていく。わかるんだ。それが。はっきりと。言葉じゃない。態度でもない。それ以上にはっきりとしたものが、肌に突き刺さるように。私は」

男は言った。

悲鳴を上げたよ。

「考え過ぎではないですか？」

なだめるような顔をして、僕の声が誘《いざな》った。男は乗ってきた。

「違うね。困ったときには助け合う。それが家族だ。それはそうだ。だが父親は別だ。父親は常に家族を見守り、手を差し伸べる存在でなくてはならない。それができなくなった父親はただ蔑《さげす》まれるだけだ。君も親父になってみればわかる」

水音がやんだ。湯船に身を沈め、体を包み込む浮力の中で、ミカちゃんは何を思っているのだろう。

「今、就ける仕事など、たかが知れている。このマンションもじきに人手に渡る。ローンが払えなくてね。妻は出て行った。残った娘には何も与えられない。私は空っぽだ。君が誰であるのかは知らない。けれど、私といるよりはいいだろう。連れて行ってくれないか？　あの子を」

頼むよ。

男は両手で頭を抱えた。

頼む。

「ずるいんですね」

僕の声が言った。非難されたことが意外だったかのように男はびくりと体を震わせた。

「ずるい？」

「その通り。あなたは空っぽです」と僕の声が静かに続けた。「けれど、それは今に始まったことじゃない。会社を辞めたことで空っぽになったわけでもない。最初から、あなたは空っぽだったんですよ。会社を辞めたことであなたはそれに気づかされた。それだけのことです」

「だから、何だ？」

「だから、ずるいんです。与えられた仕事があり、妻がそこにいてくれて、あなたは初めて父親でいられた。それがなくなった今、あなたは父親ではいられない。だから怖いんですよ。会社に捨てられ、妻に捨てられ、そして今、娘にまで捨てられてしまうことが、怖いだけですよ。ミカちゃんに捨てられたら、あなたは本当に何者でもなくなる。それが怖いんです。そうでしょう？　だから僕をそそのかしている。娘は自分を捨てたわけじゃない。自分がそう仕向けたんだ。そう思いたいだけです」

「私は……」

「あなたはただの人形《ひとかた》です。父親という役割を貼り付けられていただけの、ただの人形です。役割を取り上げられれば、あなたには何もできはしない。そしてそれはあなたの父親も同じだった」

「親父は……」

違う、と続くはずの男の言葉を僕の声が遮った。

「同じなんですよ。あなたも、あなたの父親も、所詮《しょせん》、与えられた役割をこなしていただけに過ぎない。生きる時代が入れ替われば、あなたはあなたの父親のように上手《うま》く父親になれたでしょうし、あなたの父親はあなたと同じように途方に暮れたでしょう。あなたは運が悪かった。それだけですよ」

「同じ？　親父と私が、同じなのか？」

「ええ」

確信に満ちた僕の声が、震える男を優しく包み込んだ。

「同じです」

何かを言いかけた男は、一度口を噤《つぐ》み、それからまた口を開いた。

「それなら、私は」

呆《あき》れるほど無防備に男は尋ねた。

「私はどうすればいいんだ？」

「捨てられなさい。あなたにミカちゃんを捨てる権利はない。あなたには、ただミカちゃんに捨てられる義務があるだけです。そう。あなたの恐れる通り、近い将来、ミカちゃんはあなたを捨てるでしょう。仕方がないです。あなたは空っぽなんだから。ミカちゃんに何もしてあげられないんだから。だから」

僕の声は静かに言い放った。

「潔く、捨てられなさい」

僕の波長が男から離れた。薄い闇と沈黙の中、僕の隣には、頭を抱えたきり動かなくなった男がいた。男が思うほど、男は駄目な父親ではなかっただろう。男がそうと望んだ理想が高過ぎただけだ。自らが勝手に築き上げた高過ぎる理想を前にして、男は現実から目をそむけてしまった。

何か声をかけなければと息を吸い込み、けれど吸い込んだ息は声にならずに口から漏れた。

いったいもうどのくらい、と僕は思った。もうどのくらいミカちゃんはこの闇と沈黙の中に暮らしていたのだろう。それこそ真綿で首を絞めるような、この闇と沈黙の中に。

背後に足音を聞いた。僕は振り返った。タオルを頭に巻いて、ミカちゃんが立っていた。メイクを落としたその顔は、どこにでもいるか弱い中学生だった。僕は隣に目を向けた。か弱い中学生に捨てられることに怯《おび》える、どうしようもなく弱い大人がいた。父が父であってくれないから、母が母の役割を降りてしまったから、ミカちゃんは父となって戦い、母となって慈しんだ。つらくても歯を食いしばった。けれどもちろんそんなこと、長く続くはずもなかった。

どうなった？

そう問いかけるようにミカちゃんが少し首を傾げた。

僕と一緒に帰ろう。

僕はそう言いかけた。こんなものすべてぶち壊して、僕と一緒に帰ろう。僕と一緒に布団に潜り込んで、欲望から始まる愛情があるかどうか二人で試してみよう。そう言いかけた。けれど言えなかった。

「もう遅い。眠ったほうがいい」と僕は言った。「そんな格好じゃ風邪を引く」

ミカちゃんは僕を責めなかった。その努力に感謝するように微笑むと、また暗がりの中に戻って行った。泣き声を堪《こら》える男の歯軋《はぎし》りが聞こえた。

入り口のオートロックは開けてくれたものの、熊谷は玄関のチェーンは外してはくれなかった。

「やあ」

僕は細く開けられた隙間に向かって言ってみた。

「やあ」と熊谷も言った。

「入れてくれないの？」

「友達が来てるの」と熊谷は言った。

「友達？」

「大学の、同級生の、溝口くん」

僕は腕時計を見た。十一時半を回っていた。熊谷の言わんとしていることは明らかだった。明らかだったけれど、僕はその事実をうまく飲み込めずにいた。

「三秒で答えて」

熊谷は言った。平坦《へいたん》な顔をしていた。そんな熊谷の顔を僕は見たことがなかった。まったく知らない誰かと向き合っているような気分になった。

「大学の、同級生の、溝口くん。どこがおかしい？」

「どこがって」

ふと蒸気が流れてきた。細く開けたドアの隙間から、バスルームから出てきた溝口くんが見えた。一瞬、目が合ったが、溝口くんはすぐにその隙間から姿を消してしまった。

「答えて」

熊谷が言った。

「おかしいでしょ？　わかるでしょ？」

「わからないよ。いったい君が何を」

熊谷は首を振った。そして平坦な顔のまま唇だけで微笑んだ。

「帰りなさい。あなたが来るべき場所はここじゃないのよ。だから、もう帰りなさい」

熊谷は扉を閉めようとした。僕は何とかその隙間に手を入れた。

「説明してくれないか？　どういうことなんだ？　僕より彼を好きになったのなら、そう言ってくれれば良かった。こんなの」

「こんなの、ひどい？　ひど過ぎる？」

熊谷は言った。さっきから一つも動かない熊谷の表情が僕を苛々《いらいら》させた。

「さっきの答え。私が通っているのは女子大で、女子大には女の子しかいないの。溝口くんはね、友達の彼氏の友達」

「ああ」と僕は言った。

「わかったでしょ？　あなたが好きなのは私じゃない。あなたは私を好きじゃない。興味すら持っていない。ねえ、どうして私と付き合ってたの？　ただ、セックスがしたかった？」

僕は何かを言おうとした。言おうとして何も思い浮かばなかった僕の口は、まったく意味のない言葉を吐き出した。

「君だって、僕を受け入れてはいなかった。そうだろ？　君はこの部屋に僕が来るのを嫌がっていた。あからさまにそうは言わなかったけれど、いつもそれとなく避けていた。いつだって慎重に距離を置いていた」

「努力はしたわよ」

熊谷は静かに言った。

「髪型も変えた。変えても何も言ってくれないから、きっと気に入らなかったんだろうと思って、また変えた。ねえ、この半年で、私、何回、髪型を変えたと思う？　パーマをかけたり、染めてみたり、それをまた元に戻してみたり。服装だってそう。OL風のパンツスーツからロリータ風のひらひらスカートまで。おかげで私のワードローブ、滅《め》茶《ちゃ》苦茶よ。貸衣装屋ができるくらい。でも、いつもあなたは何も言ってくれなかった。私だって馬鹿じゃないの。怖いわよ。いつだって、今日、ふられるんじゃないかってビクビクしてたよ。一言でいいのよ。その髪型、似合ってるね。ううん。そこまでもいらない。髪型、変えたの。そう聞いてくれるだけでよかったのよ。それだけで、私にちらっとでも目を向けてくれるだけで、私は受け入れたわよ。でも、あなたはそれさえしてくれなかった」

取り乱してはいなかった。熊谷の言葉はあくまで静かだった。たぶん、半年の時間をかけてゆっくりと、熊谷はその静けさを馴染《なじ》ませていったのだろう。僕が熊谷の温《ぬく》もりに包まれている間ずっと、熊谷はその静けさの中に体を潜ませていた。一人っきりで。

僕は間抜けだ。

「ねえ、熊谷。話したいことがあるんだ」と僕は言った。「聞いてくれないか。今まで話してなかったことがある。五分だけでいい」

「もう、帰りなさい」と熊谷は言った。「帰って、鏡に向かって喋《しゃべ》りなさい。あなたはそれで大丈夫なはずよ」

熊谷はドアを閉めた。

閉まったドアに額を当てた。熊谷の言う通りだった。僕は大丈夫なのだろう。どうしようもなく、大丈夫なのだろう。僕はそのことをはっきりと悟っていた。

6

土曜日から降り出した雨は、月曜日の朝になっても降りやまなかった。目覚まし時計より先に目を覚ました僕は、布団から抜け出し、部屋の中を見回した。部屋には土曜日と日曜日の二日間で書き連ねられた嘘が散らばっていた。僕は手の届く範囲にあった便《びん》箋《せん》を何枚か手にして、順に読み返してみた。

「君を傷つけてしまったことは本当に悪かったと思う」と、そのときの僕は書いていた。「それでも君と出会えたことに僕は感謝している。君と過ごした半年は僕にとって、今までで一番充実していた時間だった」

「どんな髪型だって、どんな服装だって」と、別のときの僕は書いていた。「君にはとてもよく似合っていた。僕はどの君だって好きだった」

「雨が降っています」と、また別のときの僕は書いていた。「君と雨を眺めていた日を思い出しました。あれは君が初めて僕の部屋に泊まりにきた日のことだったよね。あの日の僕らは……」

僕は手にしていた便箋を破いて丸めた。どれも嘘だった。僕は熊谷に感謝する気もなかったし、許しを請う気もなかったし、やり直せるとも思っていなかった。今となれば、なぜ自分が手紙を書こうなどと思いついたのか、それすらわからなかった。

僕は二日間で無駄にした便箋を拾い集めて、ゴミ箱へ捨てた。二日間で書き連ねた嘘のうち、一つも熊谷に伝えなかったことが、せめてもの慰めだった。

便箋をすべてゴミ箱に捨て終わったところで、目覚まし時計が鳴った。僕はベルを止め、窓の外を見遣《みや》った。雨に塗り込められた歩道を、傘を差した背広姿や制服姿が駅に向かって歩いていた。月曜日はミーティングがある。八時半には部屋を出て、九時過ぎには学院に着いていなければならなかった。が、とてもそんな気分にはなれなかった。どんな顔で熊谷に会えばいいのかもわからなかった。僕はコーヒーを淹《い》れ、それを飲みながら卵をゆで始めた。卵がゆで上がる前にドアがノックされた。

「はい」

僕はコンロの前に立ったままドアに向かって言った。返事はなかった。

「新聞とフリーライターなら間に合ってます」

やはり返事はなかった。男ではなさそうだった。そもそも男なら、ノックなどせずに入ってきているだろう。

　コンロの火を消さないまま、僕はドアを開けた。似合わない制服を着た立花サクラが立っていた。手にした傘を杖《つえ》のようにして体重を預けていた。自分から訪ねてきたくせに、そっぽを向いている。

「おはよう」と僕はできるだけ朗らかに言った。

「おはよ」と立花サクラは殊のほかぶっきらぼうに言った。

「どうした？」

　何かを答えようとこちらを向いた立花サクラは、一度唇を噛《か》んだだけで、またそっぽを向いた。言葉と一緒に出かかった何かを抑え込んだように見えた。

「ゆで卵、食べる？」

　立花サクラの横顔を慎重に観察しながら僕はそう聞いてみた。

「今、ゆでてるんだ。食べるならもう一個入れる」

　立花サクラは横を向いたまま、小さく頷《うなず》いた。

「まあ、上がって」

　僕は言って、冷蔵庫からもう一個卵を取り出し、鍋《なべ》の中に入れた。立花サクラが部屋に上がってきた。敷きっぱなしだった布団の上に、僕に背を向けて、膝《ひざ》を抱えるようにして座った。僕も立花サクラに背を向けて、仲良く並んだ二つの卵を見ていた。コトコトと揺れる二つの卵を僕が眺めている間に、立花サクラは泣き始めた。感情を爆発させるような泣き方ではなく、許容量を越えた分だけをチロチロと流し捨てるような泣き方だった。静かに始まった泣き声は、山を作らないまま一定のトーンを保ち続けた。僕は振り返らずに卵を眺め続けた。やがて泣き声がやんだ。鼻をかむ音がした。僕はお湯を捨てて、卵を一度水にさらし、卵が二つ入った鍋ごと持って、立花サクラと同じように布団の上に座った。

「ちょっと柔らかい」

畳の上に鍋を置いて、僕は言った。

「ん」

立花サクラは頷いて、殻をむき始めた。僕もそうした。僕らはしばらく黙ってその作業を続けた。鍋の中に殻がたまっていった。殻をむき終えた立花サクラは、つるりとした卵の肌をしばらく鑑賞してから、卵にかぶりついた。ゆで卵を四口で食べ終えると、立花サクラは枕元にあったティッシュの箱に手を伸ばして、もう一度鼻をかんだ。かみながら何かを思いついたように動きを止め、ティッシュの箱と枕とを見比べた。

「何?」と僕は聞いた。

「ねえ」

立花サクラは鼻をかんだティッシュを丸めながら言った。

「セックスってしたことある?」

あまりに直截《ちょくせつ》に言われて僕は照れたが、立花サクラにとって、それは真剣な問いかけだったようだ。答えを促して、じっと僕を見ていた。

「それがそこにあったからって、そういう発想は短絡的に過ぎると思うな」と僕は言った。「ティッシュはそのためだけに存在するわけじゃない。現に君だって、今、鼻をかんだ」

「ただの質問よ。したことあるの？　ないの？」

詰め寄られて、僕は答えに窮した。あると言えば、そのことについてもっと突っ込んだ質問が待ち構えているのだろうが、そういうことについて、中学生の女の子にありのままを話していいものかどうか、僕には判断がつかなかった。

「ある種の事柄は、それが語られるに相応《ふさわ》しい場所と時間を必要とすると思う」と僕は言った。「少なくとも雨降りの月曜日の朝に、一人暮らしの男の部屋で話す話題じゃない。たぶん、実際よりも、もっと猥雑《わいざつ》で忌まわしいものに聞こえてしまうと思う。そういうのって、先々のためにはあまりいいことじゃない」

立花サクラはしばらく考えてから、納得したように頷いた。

「そうかもね」

立花サクラは丸めたティッシュをゴミ箱に捨て、それから部屋の隅にある鏡の前で自分の髪型をチェックした。

「何かあった？」と僕は聞いた。

「別に」と引っ張った自分の前髪を上目で見ながら立花サクラは言った。

「話したほうがいい」と僕は言った。「大したことじゃなくても、抱え込んでいるうちに腐って、発酵して、カビが生えて、手がつけられなくなるってこともある」

力を使えば、簡単なことだった。けれど、彼女には力を使えなかった。使いたくもなかった。立花サクラはちらりと僕を振り返って、またすぐに鏡に向き直った。短い横の髪を両手で後ろに持っていって、無理やりポニーテールみたいな形を作った。

僕がもう一度声をかける前に、立花サクラは口を開いた。

「学校へ行こうと思ったら、電車で痴漢にあった」とそのポニーテールを上に引っ張り上げるようにして立花サクラは言った。「お尻《しり》を触られて、耳を舐《な》められた」

「そう」と僕は言った。

「息がね、臭かった」

「そっか」

「別にどうってことはないんだけどね。何か、学校に行く気がしなくなった」

「奇遇だね」

「何が？」

「僕も、今日、アルバイトに行く気がしない気分だったんだ」

立花サクラがこちらを振り返った。

「サボっちゃおうか。雨だし」と僕は言った。

立花サクラは僕から視線を逸《そ》らして窓の外を眺めた。

「そうだね」と窓の外を眺めたまま、やがて立花サクラは頷いた。「雨だもんね」

そうかといって、何もすることなど思いつかなかった。取りあえず目障りだった布団を押入れに押し込むと、布団の下から捨て損ねた便箋《びんせん》が出てきた。便箋を丸めてゴミ箱に放り投げ、それをきっかけに僕は部屋の掃除を始めた。何もやることがなかったからだろう。立ち働く僕を横目に、立花サクラはしばらくテレビを眺めていたが、やがてテレビを切って立ち上がると、掃除を手伝ってくれた。結果論ではあったが、体を動かしていると憂鬱《ゆううつ》な気分を紛らわせることができたし、それは立花サクラも同じように感じたようだ。古新聞を一つにまとめて縛り上げ、畳の上を拭《ふ》き終えても、僕らは体を動かし続けた。風呂場《ふろば》をたわしでこすり、窓の桟を雑巾《ぞうきん》で拭いた。

「ねえ、一人暮らしって楽しい？」

コンロの油汚れを磨き落としながら、立花サクラは聞いた。声にも表情にも少しだけ張りが戻っていた。

「楽しいというより、楽だね」とテレビの後ろの綿ぼこりを掃き出しながら僕は言った。「好きなときに寝て、好きなときに起きて、お腹が減ったらものを食べて、したいときにおならができる」

「それだけでもしてみる価値はありそうだね」と立花サクラは言った。

「面倒なこともあるけどね」と僕は言った。「ゆで卵も自分でゆでなきゃいけない」

「それくらいなら我慢するよ」と立花サクラは言った。「水谷さんに気を遣われたり、父さんのつまらない冗談に笑ったりしてるより、よっぽどマシだもん」

立花サクラはその二人のことをさらりと口にした。表情を盗み見てみたが、立花サクラはその二人にほとんどこだわりを持っていないようだった。

「お父さん」と僕は聞いてみた。「冗談、つまらないの？」

「あれはもう、一つの人災ね」と立花サクラは言った。

立花サクラの父親のことを僕は考えてみた。家政婦と不倫をし、妻に自殺された男。そのあと、その不倫相手と暮らしている男。それが気詰まりで、冗談を言って娘の機嫌を取ろうとしている男。おまけに災厄的につまらない冗談しか言えない男。

手が止まっていたからだろう。

「よしてよ」という立花サクラの声に振り返ると、彼女は苦笑に近い笑みで僕を見ていた。「わざわざ考えるほどの人じゃないよ」

「そう？」と僕は聞いた。

「少なくとも雨降りの月曜日の朝に考えるほどの人じゃない。それほどの価値はない」

強がりではなく、本気のように聞こえた。本当に立花サクラは父親に何の価値も見出《みいだ》してないようだった。

結局、僕らは午前中のすべてを掃除に費やした。午後になると雨がやんだ。買い置きのインスタントラーメンを昼食に食べてから、僕らは部屋を出た。

平日の昼間だというのに、渋谷では中高生と思《おぼ》しき多くの子供たちが見受けられた。公園通りにあるカジュアルウェアーの店に入った立花サクラは、もう十分も二つのシャツを見比べていた。一つは白地に花柄の綿のシャツ。もう一つは明るいピンク色の化繊のシャツ。あまりに女の子じみていて、どちらも立花サクラには似合いそうになかった。

「ねえ」と立花サクラはその二つのシャツを並べて僕に聞いた。「どっちがいい？」

「こっち」

どちらも似合いそうにないとはさすがに言い兼ねて、僕は向かって右にあったピンク色のシャツを差した。左手は四つの紙袋で塞《ふさ》がっていたから、右のほうが差しやすかったのだ。

「そう。じゃ、こっちは譲る」

立花サクラは僕が差したピンクのシャツを僕に押し付けると、花柄のシャツを持ってレジへ歩いていった。僕は苦笑してシャツをハンガーにかけ直した。

インスタントラーメンを食べながら、午後をどうしたいか聞いてみると、立花サクラはしばらく考えてから、買い物、と答えた。立花サクラらしくない答えのような気もしたが、彼女もやはり中学生の女の子だったのだと変に安心して、僕は買い物に付き合うことを請け合った。が、まさか立花サクラが渋谷で買い物をするとは思わなかった。立花サクラが渋谷で買い物をしている今でさえ、立花サクラと買い物と渋谷という三つの点が、僕の頭の中でうまく直線に並んでくれない。

「次、行こう」

立花サクラは僕の手にシャツの入った紙袋を預けると、すたすた歩き始めた。

「次？」と僕は驚いて聞いた。「シャツも買った。スカートも買った。帽子も買った。パンプスも買った。これ以上、何を買うんだ？」

僕は両手の紙袋を突き出して聞いた。どの袋にもおよそ立花サクラには似合いそうにない代物が入っていた。ふざけて選んだとしか思えないような、過剰に女の子めいたものばかりだった。

「パンティー」

立花サクラは簡潔に答えた。

冗談だと思って僕は笑ったのだが、その店を出た立花サクラは同じ並びにあるデパートに入って、本当に下着売り場に直行した。僕は遠慮して少し離れたところから下着売り場を歩く立花サクラを眺めていたのだが、店員と客との視線が気になって、仕方なく下着売り場に入り、立花サクラと肩を並べた。

「僕が悪かった」と僕は立花サクラの耳元で言った。「謝る。土下座する。靴だって舐める。だから勘弁してくれ」

立花サクラはピンクのレースのついた異常に小さいシルクのパンツを手に取って眺めた。

「男の人はこういうのにぐらっとくるのかな？」

「どんなのだってぐらっとくる。君なら男物のブリーフをはいてたってぐらっとくる。全人類の男を代表して僕が保証する。だから出よう」

「ありがと」と立花サクラは言って、同じデザインの白いパンツを手に取った。「やっぱ白かな」

「そんなパンツはいているところを見られてみろ。お父さん、脳溢血《のういっけつ》で倒れちゃうぞ。水谷さんなんて、世をはかなんで出家しちゃうぞ」

「変なこと言わないでよ」と立花サクラは僕を横目で睨《にら》んだ。「両方、欲しくなるじゃない」

　僕は黙ることにした。ずいぶん長い間迷ってから、立花サクラはそれよりは幾分道徳的な白いパンツを買った。幾分道徳的ではあったが、どう考えても中学生用に作られたパンツには見えなかった。それとも今時の中学生はみんなそういうパンツをはいているのだろうか。あるいは僕が知らなかっただけで、僕が中学生だった頃も同級生の女の子たちはそういうパンツをはいていたのだろうか。だとしたら僕はずいぶん損をしたことになる。あの頃、隣に座っている女の子がそんなパンツをはいていると知っていたら、僕だってもうちょっと緊張感のある学校生活を送れただろう。

「そこの二人」

　さすがに歩き疲れた僕らが、少し休もうと近くのハンバーガーショップに足を向けたときだ。甲高い声が傲慢《ごうまん》な口調で僕らを呼び止めた。僕と立花サクラは声のほうを振り返った。道端の白い布をかぶせた机の向こうには黒ずくめの服を着た人がいた。風体からすると占い師らしいが、年齢はおろか、性別すらよくわからない。

僕と立花サクラは顔を見合わせた。

「いいから、こい」

彼、もしくは彼女、つまるところそれ、は、机の向こうに座ったままで僕らに手招きした。僕は無視しようと思ったのだが、立花サクラは悪戯《いたずら》っぽい笑顔でそちらへ歩き出してしまった。僕は仕方なくその後ろに従った。

「うむ」

その人は僕らが素直に自分のところへ来たことに機嫌を良くしたように大きく頷《うなず》いた。

「占ってやる。へそを見せろ」

「え？」と僕は聞き返した。

「へそだよ。へそ」

その人はそう言って、自分のお腹を叩《たた》いて見せた。

「へそ？」と僕は聞き返した。「手じゃなくて？」

その人は思い切り顔をしかめた。

「手なんて見てどうする。人間の体の中心はどこだ？　大体手なんてものはな、世間に接触し過ぎて薄汚れてるんだよ。顔だって同じだ。そんなものを見て何がわかる。せいぜいその人間の上っ面がわかるだけだ。人間の一番根本を表しているのはへそなんだ。へそが何のためにあると思ってるんだ？　ただあるだけで何かの役に立つか？　立たないだろ？　だったらへそは何のためにある？　見てもらうためにあるんだ。わかったらさっさとへそを見せろ」

「悪いけど」

へそへそと大声で連呼する黒ずくめの怪人と、その前にたたずむ二人の若者を横目で見ながら通り過ぎていく人たちの視線を気にして、僕は言った。

「祖母《ばあ》ちゃんの遺言で人前でへそを見せちゃいけないって」

怪人は難しい顔になって腕組みをした。

「遺言？　妙な祖母ちゃんだな」

「他にも色々あって。ワニの肉は食べちゃいけないとか、道後《どうご》温泉には十分以上浸《つ》かっちゃいけないとか」

「ふむ。遺言なら致し方ないか」

「私は見せたげる」

立花サクラは言うと、制服のブラウスを勢い良くたくし上げた。通りすがりの会社員が立花サクラに目を取られて、放置自転車につまずいた。

「よせ、馬鹿」

僕は辺りを見回しながら、胸のすぐ下まで捲《まく》り上げられたブラウスを下ろした。

「馬鹿ってことないでしょ」

「そうだ。馬鹿ってことない」

立花サクラと怪人が言った。

「人前だぞ。みんな見てる」

「いいじゃない。減るもんじゃなし」

「そうだ。へそは見てもらうためにある」

僕は面倒臭くなって、立花サクラのブラウスから手を離した。

「ほら、どう？」

立花サクラはブラウスを捲り上げて、怪人に聞いた。怪人はじっとへそを凝視し、短く唸《うな》った。

「修羅のへそだな」

僕はもう笑うしかなかった。

「かなりの修羅を見ることになる。しかも一生だな。宿命だ」

笑った僕を無視して、怪人は真面目な声で言い、立花サクラはふむふむと頷いた。

「あるいはすでに」と怪人は言い、へそから立花サクラの顔に視線を上げた。「修羅を見ているか」

「むむ」と立花サクラは言った。「わかる？」

「わからいでか。へそを見ればすぐにわかる」

「あの、なあ」と僕は言った。

「気が変わったか？」と怪人が言った。

「そうよ。見てもらったら？　どうせただなんだし」と立花サクラが言った。

「た、ただ？」

頓狂《とんきょう》な声を上げた怪人を無視して、立花サクラは言った。

「ねえ、この人だって、まさか自分から声をかけてお金を取ろうなんて思ってないよ。どうせ高い料金を吹っかけられるのが嫌であんなこと言ったんでしょ？　そういうの、どうかと思うな。もっと人間を信用しなくちゃ。ねえ？」

不意に立花サクラに振り返られて、怪人は慌てて頷いた。

「そうだ。人間はもっと信用しなくちゃな」

「君に言われたくない」と僕は立花サクラに言った。

「私だからわかるのよ」

立花サクラは言って、僕のシャツを勝手に捲り上げた。

「ね、どう？」

ただと聞いてやる気をなくしていた怪人が僕のへそをちらりと見るなり、身を乗り出してきた。患者のレントゲン写真を見る医者のように目を細める。そこまで深刻な顔をされると僕だって心配になる。

「修羅のへそかな？」と僕は聞いた。

怪人は僕のへその輪郭をなぞりながら、へそに語りかけた。修羅でも化け物でもいいが、くすぐったい。

「ね、何？　どうしたの？」

立花サクラが怪人に顔を寄せた。怪人は立花サクラの顔を見て、僕のへそをもう一度見て、最後に僕を見て、ぼそりと言った。

「お前のへそ、死相が出てる」

むむ、と僕は思った。へそにも相は出るものだろうか。

「死相って、この人、死ぬの？」

「人間、いつかは死ぬ。それくらいなら驚くことはないんだが」

怪人がまたへそに手を伸ばそうとしたので、僕はシャツを下ろした。隠れてしまった僕のへそに怪人は名残惜しそうな顔をした。

「ね、何？」

机に手をついて身を乗り出した立花サクラを無視して、怪人は僕に聞いた。

「つかぬことを聞くが、お前、普通の人間だよな？」

「え？」

「幽霊とか、実体化した思念とか、天草四郎の生まれ変わりとか、そういうのじゃないよな?」

「改めて確認されると自信ないけど、たぶん、違うと思う」

「ふむ」と怪人は言って、腕組みした。

「ねえ」と立花サクラは拳固《げんこ》で怪人の頭を叩いた。「何なのよ。教えてよ」

「わからん」

怪人は自分の顎《あご》を撫《な》でながら言った。

「お前のへそ、生きてる人間のへそじゃない。なのにお前は生きてる。修行不足だな。わからん」

「何よ、それ」と立花サクラは口を尖《とが》らせた。

「どれだけ文句を言われても、わからんものはわからん。許せ。もう少し修行を積んだらまた会おう」

まだ不満そうな顔をしている立花サクラの手を引いて、僕はハンバーガーショップへ足を向けた。思い出したように怪人が付け足した。

「私が修行を積み終わるまで、お前」と怪人は僕の背中に言った。「死ぬなよ」

「疲れた」

ハンバーガーショップに入ると、立花サクラはバニラシェイクを飲みながら言った。

月曜日の昼間なのに店には立花サクラと同じ年頃の男の子や女の子が大勢いた。彼らはみんな、仲間と連れ立っていた。仲間と一緒に雑誌を囲んでウキャウキャ言っていたり、仲間の一人のメイクについてネチャネチャ喋《しゃべ》ったりしていた。彼らと立花サクラとの違いは何だろう、と僕は考えた。

「面白かったね。修羅のへそと死者のへそ」

「見てもらうお人好《ひとよ》しがいるから、ああいう手合いがのさばる」と僕はコーヒーシェイクを飲みながら言った。

「いいじゃない、あんなの。目くじら立てるほどのものでもないでしょう？　結構、笑えるし」

雑誌を囲んでいた一団が立ち上がった。トレイも、ゴミも、灰皿も片付けなかった。中年には少し間があるように見える店員が、それでも心底人生に疲れた中年のような顔をして、彼らの使ったテーブルを片付け始めた。

「買い物にはよく来るの？」

その店員と目が合ってしまい、僕は立花サクラのほうに目を戻して聞いた。

「母さんが生きてた頃はね」と立花サクラは言った。「そういうのが好きな人だったから。日曜日ごとに私を買い物に連れ出すの。前に住んでいた家の近くに教会があってね、毎週日曜日、その教会の人に頼まれて、母さん、ピアノを弾いてたの。賛美歌の伴奏。それが終わると、私を必ずデパートに連れて行くの。それが毎週の習慣だった。デパートに行くと、着るものやら、はくものやら、かぶるものやら、もう手当たり次第。母さんがあんまり嬉《うれ》しそうに着せ替えるものだから私は我慢してたけど、今思えば、あれは異常ね。本当に手当たり次第に買いまくるのよ」

「女親にとって、そういうのって楽しいだろうからね」と僕は言った。「仲が良かったんだね」

すっと立花サクラから表情が消えた。何かまずいことを言っただろうかと考えたが、わからなかった。立花サクラはしばらく黙り込んだままバニラシェイクを飲んだ。言葉を重ねればもっと深い墓穴を掘ってしまいそうで、僕も黙ってコーヒーシェイクを飲んだ。ズズ、と、ほとんど同時に僕らのストローが音を立てた。

「ピアノ」と空になったカップをテーブルに戻して、立花サクラは言った。「やめたって言ったでしょ？」

「うん」と僕もカップを戻して頷《うなず》いた。「すっごくうまいけど、だろ？」

「すっごくうまいから、なの」

「うん？」

「私に最初にピアノを教えてくれたのは母さんだった。母さんのピアノ、私が一番好きなピアノだった。どんなうまい人の演奏を聴いても、母さんのほうが上だってずっと思ってた。技術とか、感性とか、そんなものを越えた何かが母さんのピアノにはあったの。母さんみたいなピアノを弾きたい。そう思って、ずっと練習してた」

立花サクラはどこか遠くを見るような目で言った。

「うん」

「春休みにね、ヨーロッパへ行ってたの。そこで色んな演奏を聴きまくったの。すごかった。素地が違うのよ。音楽ってものが、人間の中に占める場所が全然違うの。すごく興奮した」

「うん」

「日本に帰ってきた。どうやって母さんに伝えようって思いながら、家の中に入った。母さんがピアノを弾いてた。耐えられなかった」

「うん？」

「ううん。最初は母さんが弾いてるだなんて思わなかった。私が旅行に行っている間に水谷さんがピアノを始めたのかと思った。それくらいひどかったの。何てひどい演奏をするんだろうって思った。腹が立ったの。そのピアノは、私と母さんのピアノよ。父さんを好きなら好きにすればいい。でも、そのピアノにだけは触らないで。死んでも触らないで。そう言ってやろうと思って、部屋のドアを開けたの。そしたら、そこに座っていたのは母さんだった」

「ああ」と僕は言った。

母親の手料理を最良の味と信じていた子供が、一流レストランの料理を食べ尽くして戻ってきたようなものだろう。才能がなければ良かった。けれど、彼女には才能があった。その違いを見分ける舌を持ってしまっていた。

「私、何も言わなかった。ヨーロッパのことも、大したことなかったって言った。でも、それからあと、母さんの演奏は耐えられなくなった。何なの、そのタッチは。何なの、そのリズム感は。何が楽しくてピアノなんて弾いてるの。お願いだから、私の前でそんな演奏しないで。母さんの演奏を聴くたびにそう言いたくなった。耳を塞《ふさ》ぎたかった。母さんはそれに気づいちゃったの、きっと。だから。だから、母さん、あんなこと」

立花サクラは唇を強く嚙《か》んだ。唇が切れそうになるほど強く。僕は彼女に血を流させたくなかった。そのために何かを喋らせたかった。ただそれだけのために僕は聞いた。

「お母さんが死んだ日の夜」と僕は言った。「病院へ行ったって?」

立花サクラの口元が緩んだ。老女のような微笑みを見せて、少女は言った。

「本当に何でも知ってるのね」

「何をしに行ったんだ?」

「母さんを殺しに」と立花サクラは言った。「可哀想だったから。死のうと思って死にきれずに、機械で無理やり生かされている母さんが可哀想だったから。そこまで母さんを追い込んだのは私だから。だから、そうする責任があると思ったの」

「君が悪いんじゃない」と僕は言った。

「じゃあ、誰が悪いの?」と立花サクラは言った。「父さん? 水谷さん? それとも母さん自身?」

「誰も悪くなんてない」と僕は言った。「仕方がなかったんだ。そういうことってあるんだ」

「そうね。そうかもしれない」と立花サクラは頷いた。「誰も悪くない。だからやっぱり、悪いのは私。だから、誰も許せたりしないの。私が悪いんだから。最初から、誰も悪くなんてないんだから」

立花サクラはしばらく空のカップをもてあそんでいた。僕は何も言えなかった。こんな場面で、まともな慰めの一つも言えない自分の未熟さが、ただ厭《いと》わしかった。ぐしゃとカップを手の中で潰《つぶ》すと、立花サクラは立ち上がった。

「行くね。ありがと。付き合ってくれて」

五つの紙袋を両手に抱えて、立花サクラは店を出て行った。僕と潰れたカップだけが置いてけぼりを食った。そのことについて、カップには取り立てて不満を述べる気はなさそうだったし、僕には不満を述べる資格がなさそうだった。そして立花サクラは、消えた。

訪問者は午前二時にやってきた。最初は無視しようと思ったが、戸を叩《たた》くノックの音が相手のただならぬ緊張感を伝えてきた。僕は布団から抜け出し、ドアを開けた。知らない男が立っていた。男は僕の体を避《よ》けるようにして部屋の中を覗《のぞ》き込んだ。

「ちょっと」とほとんど部屋に入り込みそうになっている男を押さえて、僕は言った。

「何なんです？」

「サクラは来てませんよね」

男が言った。その向こうから水谷さんが顔を覗かせ、ようやく僕にも男が立花サクラの父親であろうと見当がついた。

「来ているわけないじゃないですか」と僕は言った。「午前二時ですよ」

「そうですよね」

男はほっとしたような、それでいて心配そうな顔をした。

「サクラさんがどうかしたんですか？」

「家にいないんです」と水谷さんが言った。

「いない？」と僕は聞き返した。「だって、午前二時ですよ」

「だから、こうして探しているわけで」

男がむっとしたように言った。

「サクラさんの部屋にここの住所があったんです」

ややもすれば尖《とが》りそうになる僕と男との間をとりなすように、水谷さんが言った。

「いつからいないんです？」と僕は聞いた。「昼過ぎまでは一緒でした。買い物をしてたんです。それからは帰ってきましたか？」

「ええ。四時過ぎに戻ってきて、夕飯まではいたんです」と水谷さんは言った。「夕飯ができたからサクラさんを呼びに行ったら、そうしたら、サクラさん、猫がいなくなったって言って」

「いなくなった猫を探しに出たんですね。それっきりなんですか」

「ええ。でも」と水谷さんは言った。「うちでは猫なんて飼ってないんです。だから、サクラさんの言う猫っていうのが、いったい何のことなのか」

猫なんて飼ってない？

「いや。でも、いましたよ」と僕は言った。「この前、サクラさんの部屋に行ったときです。ベッドに寝てました。真っ白の、毛の短い、生意気そうな顔をした猫が」

僕の言葉に男と水谷さんは顔を見合わせた。そこには何かしら妙な緊張感があった。

「とにかく」と男は僕に向き直って言った。「ここにはいないんですね。わかりました。他を探してみます。夜分にすみませんでした」

「手伝います」

上に着るものを取りに、いったん部屋の中へ戻ろうとした僕を男が制した。

「いえ。あなたは部屋にいて下さい。サクラが訪ねてきたら、連絡して欲しいんです。それとも他にどこか心当たりが？」

男に聞かれて、僕は首を振った。

「いえ。どこも」

男は何かを問いたそうに僕を見た。考えてみれば僕らは自己紹介すら済ませていなかった。僕がどこの誰で、自分の娘とどういう関係なのか、男が疑問に思うのももっともだった。が、男は頭の中で優先順位を付けたらしい。

「よろしくお願いします」

それだけ言い残すと、男は水谷さんとともに夜の闇に駆け出して行った。

7

「よお、柳瀬」

ドアを開けた僕に、工藤さんが声をかけてきた。熊谷はすっと視線を外した。僕はまず、間宮さんの前に立った。

「この間は、すみませんでした。言葉が過ぎました」

間宮さんはそこにある罠《わな》を見極めようとするかのように僕をじっと見た。

「母性は錯覚、だなんて、そんな言いぐさはなかったです。反省してます。たぶん、僕が」

少しずるいかとも思ったが、どうせ嘘ならもっともらしい理由を付け足したほうが親切だろうと思い直し、僕は続けた。

「たぶん、僕が母親を失っているから、そういう言い方になったんだと思います」

「お母さんを？」

間宮さんが聞き返した。少し警戒を解いたようだ。強張《こわば》っていた顔に表情が戻った。

「殺されました。僕が高校二年のときに、僕の父親に」

息を呑《の》んだのは、間宮さんより熊谷のほうが先だった。

「そうでしたか」

間宮さんは言って、微笑んだ。いつもの間宮さんらしい笑顔だった。すべてを包み込むような母親の笑顔。その笑顔を剝《は》がした向こう側に、もう一つ別の顔があるとしたところで、その笑顔が嘘だということにはならない。

「私のほうこそ、ごめんなさい。そんなこと、ちっとも知らなくて、だから」

「いえ。悪いのは僕です。すみませんでした」

「いいんです」

間宮さんは立ち上がって、それから少し不器用な感じで僕を抱擁した。思いがけず小さな肩だった。

「すみませんでした」

その肩に手を置いて、僕は心から謝った。間宮さんと体を離したとき、向かいのデスクにいた熊谷と視線が合った。が、僕が何か声をかける前に、熊谷はすっと視線を外してしまった。

「間宮さん」

渡さんが自分のデスクから声をかけた。

「午後の授業、しばらく、一人でお願いします」

間宮さんが頷《うなず》いた。渡さんは立ち上がり、僕を促して、講師室を出た。

向かいの喫茶店に入り、注文したコーヒーがやってくるまで、渡さんは口を開かなかった。僕らの前にコーヒーを置くと、マスターはカウンターの中に戻って、またウェストコーストのジャズをかけた。

「考え直してもらえませんか？」

ミルクと砂糖を入れ、コーヒーをかき回しながら、渡さんが口を開いた。

「何を、です？」

「学院を辞めるつもりですね？」

「よくわかりますね」

僕は苦笑した。渡さんも苦笑を返した。

「無断で昨日の授業に顔を見せず、来ないはずの今日の昼休みにいきなり現れたかと思えば、間宮さんに謝る。他にどう考えられます？」

「すみません。勝手ばかりして」

「良二くんのことなら、柳瀬さんが責任を感じることはありません。よくやってくれた。私は本当にそう思っています」

「そういうことではないんです」と僕は言った。「他にどうしてもやらなければいけないことができました」

「どうしてもやらなければならないこと？」と、渡さんは言った。「それはうちの仕事とは両立できないんですか？」

「できないんです。すみません」

僕は頭を下げた。今朝方、電話をしてみたが、立花サクラは家に戻っていなかった。訪ねてくることはないだろうと思いつつも、ずるずると午前中を部屋の中で過ごしてしまった。電話での立花氏の口ぶりでは、娘を探すことに疲れ果てているようだった。教授が動けない今、他に彼女を探す人間などいそうになかった。

「これが他の人なら、無理には頼みません。やる気のない人を引き止めて、うまくいく仕事ではありませんから。でも、柳瀬さん、あなたは別です。あなたには無理にでも続けて欲しいんです。柳瀬さんには何かができるんです。毎日見ていれば、それが悔しいほどによくわかります。あなたには、私にはできない何かを彼らにしてやることができる。そうでしょう？」

答えずに視線を伏せる僕に苛立《いらだ》ったように、渡さんの指がテーブルをこつこつと叩いた。徐々にスピードを上げたノックは、やがて渡さんの短いため息とともに終わった。

「何なんでしょう」と渡さんは呟《つぶや》いた。「柳瀬さんは悪い人じゃない。それはわかります。けれど、そんな人なら世間に大勢います。それでも彼らは心を閉ざす。けれど、柳瀬さんにだけは、いいえ、心を開いているとは言いません。けれど、あなたは彼らから明らかに違う扱いをされている。私とも、間宮さんとも違う扱いを。それがなぜなのか、教えてもらえませんか？」

「たぶん」と僕は少し考え、言った。「同じ匂いがするからでしょう」

「同じ匂い」と渡さんは言った。「それはどこから発するものなんです?」

　また少し考え、僕は思いついたままを言ってみた。

「不完全性」

「不完全性」と渡さんは繰り返した。「そうですね。そうかもしれません。けれど、それもみんなが抱えているものでしょう?　私だって不完全な人間です。それは、もう、うんざりするくらいに」

「するくらい、だからでしょうか」

「はい?」

「するくらい、ではなく、彼らはとっくにうんざりしているんです。人間なんてみんな不完全です。それはそうです。でも大概の人は自分の不完全性とどこかで折り合いながら生きている。彼らの持っているものはそれとは異質なんです。それは彼らに折り合うことを許さない。彼らはそれに心から愛想を尽かしている。もし、僕と彼らに共通しているものがあるとするなら、それはそういうことだと思います」

　考えを整理するように、渡さんは自分のこめかみに指を置いた。そこで二、三度小さく円を描いてから、渡さんの手がカップに伸びた。

「それでも」とコーヒーを一口飲んで、渡さんは言った。「それでも、私が彼らを救いたいと思っていると言ったら、柳瀬さんは笑うんでしょうか?」

笑わないですよ。僕はそう言おうとした。言えなかった。渡さんの波長を感じた。感じた瞬間、僕の波長がシンクロを始めていた。そこだけ照明を落とされたように、僕らのテーブルの周りが薄い影に包まれた。リードを取っていたトランペットの音が歪《ひず》んだ。カシャン、とカウンターのマスターが落としたグラスが音を立てて割れた。すみません、と上げたマスターの声に、けれど僕も渡さんも目を向けることはなかった。

「笑わないですよ」

僕の声が静かにそう切り出していた。

「ただ、嘘だと思うだけです」

何の抑揚もない。僕の声は、ただそこにあるものをそのままに呼んでいるようだった。

「嘘?」

渡さんは繰り返して、僕を見た。その視線はいつしか焦点を失っていた。

「どうしてあの学院を始めたんです?」

僕の声が切り込んだ。動揺したのだろう。渡さんの波長がわずかに震えた。僕の声は、そのわずかな震えを見逃さなかった。

「大丈夫ですよ」

僕の声はその震えにつけ込んだ。

「生徒も講師もいない。僕もいなくなる。二度と渡さんと接触することはありません。渡さんがここで何を話そうと、それが渡さんの今後に影響を与えることはありません。

だから」

僕の声は完全に渡さんを包み込んでいた。

「だから話して下さい」

助けを求めるように渡さんはマスターのほうへ首を向けた。けれどその視線は僕のもとから逸《そ》らされることはなかった。

「あの学院を始めたのが、四年前でしたね」

僕の声が言った。震えが大きくなった。渡さんがまた視線を外そうとした。僕の声は今度はそれを許さなかった。

「四年前、何があったんです？」

「父と母が」

渡さんは言いかけ、激しく首を振った。

「お父さんとお母さんが、どうしたんです？」

「殺されました。四年前に。白昼の街中で。通りすがりの中学生に」

セリフを棒読みで読み上げるように渡さんは言って、深呼吸をした。カップに手を伸ばしかけ、途中でその手を膝《ひざ》に戻した。

「ひどいですね」

僕の声が柔らかく渡さんの背中を押した。

「でも、なぜ、なんです？」

「試験前で苛々していたそうです。誰でもいいから、幸せそうな人を傷つけたかった。そう供述したそうです。たまたま、そこに父と母が通りかかった。結婚記念日でした。三十五年、連れ添った記念に、映画を見て、食事をして」

渡さんは思い出したように再びカップに手を伸ばした。一度は摘《つま》み上げたカップをすぐに受け皿に戻し、今度は水の入ったグラスを手にして、口をつけた。

「ただ、幸せそうに見えた。それだけが理由で私の両親は殺されました」

少し落ち着いたようだ。グラスを殊更丁寧にテーブルに戻すと、渡さんは続けた。

「父は背中を滅多刺しにされました。倒れた父を庇《かば》おうと覆い被《かぶ》さった母は喉《のど》を突かれました。犯人は十三歳でした。刑事罰の対象にすらなりませんでした。近い将来、この社会に出てくるでしょう。あるいは、もう出ているのかもしれません」

「それが、許せないのですか?」

僕の声がなだめるようにそっと聞いた。

「そのことが、そういう社会が、許せない?」

「違います。私は、ただ」と渡さんは言った。「私は、ただ、二度とそんな事件が起きることがないようにと願っただけです。だから、父と母が遺《のこ》してくれた財産で、あの学院を始めました。きっと、何か方法があったはずなんです。あの、父と母を殺した中学生だって、きっと、そんな風にならずに済む方法が、きっと、何かあったはずなんです」

「そうでしょうか？」

僕の声が問い返した。渡さんが沈黙した。

「その中学生を止める手立ては何かあったのかもしれません。けれど、彼じゃなくても、誰かがやったでしょう。あなたの両親ではなくても、誰かが殺されていたでしょう。あなた一人に社会を変えられるはずもない」

「だから、手をこまねいて見ていろというんですか？　そういう個々人の無責任な態度が今の社会を作ったんじゃないのですか？　みんなが、自分にできることを少しずつやっていけば、社会は変えられるはずです。中学生が人を殺すことのない社会を作ることは、できるはずです」

「正論ですね」と僕の声は言った。「けれど、僕の知る限り、人は正論では動きません。あなたを動かしているのも正論ではない。もし、その正論が唯一絶対の理由だというのなら、あなたは良二くんの事件が起こったときに、もっと動揺していたはずです。傷ついていたはずです。けれど、あの事件を知ったとき、良二くんが本当に犯人で警察につかまったことを知ったとき、あのとき、あなたは」

僕の声を聞きながら、僕は僕に新聞を渡したときの渡さんの顔を思い出していた。そう。あのとき、渡さんは……

「あなたは間違いなくほっとしていました」

渡さんの波長が激しく揺れた。

「あなたは、良二くんの事件が起こったことにほっとしていた。そのあなたが、彼らを救いたいと思っている？　嘘です。あなたには彼らを救う気などない」

「では、なぜ」と渡さんは言った。「なぜ、私はあの学院を始めたんです？」

それが渡さんの最後の抵抗だった。必死でせき止めようと突っ張る渡さんの腕を、僕の声は優しくつかんで、そこから外した。

「自分に納得させるためですよ」

嚙《か》んで含めるように僕の声がゆっくりと言った。

「社会がどうであろうと、周りの大人たちがどうであろうと、そういう中学生はどうしようもなく存在する。そのことを自分に納得させたいだけです。でなければ、あなたはご両親の死を受け入れられなかった。仕方なかったんだ。あの事件は仕方がないことだったんだ。ただ、自分がそう思いたいがために、あなたはあの学院をやっているんです」

「私は」

渡さんの波長が僕から離れた。窓から漏れる淡い日差しが僕と渡さんとが挟むテーブルを照らしていた。トランペットから受け取った旋律をピアノが軽快に奏でていた。僕の前には、力が抜けたように椅子の背にもたれかかり、それ以上、喋《しゃべ》ることも聞くことも拒絶するようにきつく目を閉じた渡さんがいた。

「仮にそうだとしても」

そんな慰めが何の役にも立たないと知りながら、僕はそう言わずにはいられなかった。

「渡さんがなさっていることは意味があると思います。現にどこにも行き場がなかった子供たちが、学院に集まっています」

それ以上の言葉を嫌がるように渡さんは首を振った。僕は強引に続けた。

「社会的な意義の話でもなければ、渡さんの意思の話でもありません。責任です。渡さんには最後までやり遂げる責任があるはずです。そうでしょう？　学院は続けて下さい」

渡さんは乱暴に二度、首を縦に落とした。それ以上留《とど》まっても、渡さんを苦しめるだけなのだろう。最後にかける言葉すら思いつけないまま、僕は仕方なく席を立った。

「いつか戻ってきてくれることを期待してもいいのかしら」

立ち上がった僕を見上げて、渡さんが言った。嘘だった。僕にそうする気のないことを渡さんは知っていたし、渡さんがもうそれを望んでいないことを僕も知っていた。

「いえ。戻ることはないと思います。どなたか、別の人を探して下さい」

「そうですか」と渡さんは言って、またぐったりと目を閉じた。「とても残念です」

奢《おご》る理由も、奢られる理由もなさそうだった。僕は自分のコーヒー代を置いて、その喫茶店を出た。ガラス越しの店内に、唇を噛んで目を閉じる渡さんがいた。おそらく、渡さんに会うことは二度とないだろう。少なくとも渡さんは、決してそれを望んだりはしないだろう。

駅までの道を歩きながら、僕はぼんやりと昔のことを思い出した。

お前、学校で、友達、いないだろ？

「まったくだよ、父さん」

僕は思わず呟《つぶや》いた。

確かに、僕らは呪われている。


浅い眠りの中にどれくらいまどろんでいたのだろう。遠くから聞こえてきた救急車のサイレンに、僕は体を起こした。窓の外に目をやると、もうとっくに日は暮れていた。僕はのろのろと立ち上がり、電気をつけて、カーテンを引いた。冷蔵庫を開けてみたが、夕食になりそうなものは何もなかった。買い物に出かけようかと思い立ち、その煩わしさに僕はその場に座り込んだ。冷蔵庫を背にして、どのくらいぼんやりしていたのだろう。戸が叩《たた》かれた。僕は無視した。誰にも会いたくなかった。誰かに会おうが、会うまいが、僕には何の意味もなかった。

「いるんでしょ？」

再び戸が叩かれた。熊谷の声だった。

「十数えるうちに開けないと、このドア、ぶっ壊すからね」

いいち。にい。さあん。

熊谷は大声で数え始めた。

うるせえぞ。

近所で誰かが怒鳴った。熊谷はやめなかった。

しい。ごお。ろおく。しいち。

僕は立ち上がって、戸を開けた。はあ、と声を上げていた熊谷が、ち、と小さく言い終えた。僕らはしばらく黙って見つめ合った。やがて熊谷はちょっとうつむいて、そのまま僕の足を軽く蹴《け》飛《と》ばした。

「勝手な人だね」

吹き込んできた風は、熊谷がいつも使っているシャンプーの嗅《か》ぎ慣れた匂いを乗せていた。迎え入れるわけにもいかず、追い返すこともできず、僕は戸の前に立ち尽くしていた。やがて顔を上げた熊谷は、僕を押しのけるようにして部屋の中に入ってきた。

「ねえ、あのとき私にしたいって言ってた話って、そのことなの？　お父さんとお母さんの話だったの？」

僕は頷《うなず》いた。熊谷は座らなかった。部屋の真ん中辺りに立った熊谷の前に、僕も仕方なく突っ立っていた。

「私には喋れなかった？　私じゃ、頼りなかった？」

「自信がなかったんだ。そんなものを押し付けて、君に嫌われるのが怖かった」

「ごめんね」と熊谷は言った。「私、柳瀬さんがつらいの、全然わかってなかった。ずっと一人で耐えてたんだね。ごめんね」

「君が謝ることじゃない」と僕は言った。「君といることでどれだけ僕が救われていたか、君にはきっと想像もつかない」

「本当に？」

「本当に。君といるときだけ、僕は安らげた。許されている気がしてた」

熊谷は僕にそっと近づいてきて、それから僕を抱き締めてくれた。懐かしい温かさと柔らかさに包まれた。できることなら、前のようにそこで眠りたかった。そこから身を引き剝《は》がすためには、ものすごい意志の力が必要だった。

「もう行ったほうがいい」

僕は言った。これ以上、熊谷に甘えるわけにもいかなかった。肩に手をかけて体を離した僕に、熊谷は視線を伏せた。

「怒ってる？ 溝口くんのこと」

「怒ってないよ。僕に怒る資格なんてない」

「あのあとね」と熊谷は言った。「しようと思ったの。溝口くんだってそのつもりだった。でも駄目だった。濡《ぬ》れなかったの。何をされても、駄目だった。溝口くん、優しい人だから、僕じゃ駄目なんだねって、そう言って、帰って行った。それからは一度も会ってない。たぶん、もう会わないと思う」

熊谷は下から僕の眼をじっと覗《のぞ》き込んだ。

「あなたなら濡れた。溝口くんじゃ濡れなかった。こういうのを、人は愛っていうんじゃない？」

重心を失ったように、熊谷の体が僕の腕の中に倒れてきた。その温《ぬく》もりを、柔らかさを、引き剝がすことのできたさっきの意志が、いったいどこから出てきたのか、僕にはもうわからなかった。僕の足は熊谷の体重を支えるために存在していたし、僕の腕は熊谷の体に回されるために存在していたし、僕の胸は熊谷のおでこを受け止めるために存在していたし、世界は僕らが抱き合うこの一瞬のために存在していた。

「柳瀬さん」

熊谷は僕の腰にしっかりと腕を回したまま、言った。

「電気、消して」


翌朝、目を覚ますと熊谷の体は隣になかった。出て行ったばかりなのだろう。その温もりが残っていた。机の上にメモを見つけ、僕は布団から抜け出した。

アルバイトの日なので、学院へ行きます。終わったら、真っ直ぐにここに来ます。待ってて。

僕は台所の水道で顔を洗った。かけてあったタオルを手にして顔に当てた。

「やれやれ。それで大団円ですか」

呆《あき》れ果てた声がした。僕は驚いてタオルから顔を上げた。鏡の中の男と目が合った。その方向を振り向いた。僕のすぐ横、肩が触れそうにすらなる位置に男が立っていた。

相変わらず、優雅な笑みと退屈そうな目をしていた。

「溝口くんでは濡れなかった。あなたとなら濡れた。本当でしょう。でも、そんなものは愛でも何でもない。ただの馴《な》れですよ。彼女は、自分が思うよりデリケートなだけです。あなたとだって、最初のときは濡れなかった。そうだったでしょ？ 彼女は緊張すると濡れないタチだっていう、それだけのことですよ。それが、愛？ まったく、何の冗談です？」

僕は言葉を返せなかった。混乱していた。男が何でそんなことまで知っているのか、わからなかった。

「柳瀬さん、あなたもあなただ。温もり？ 柔らかさ？ そんなもの、人を抱き締めれば、誰にだって感じるものですよ。人でなくたっていい。犬だって、猫だって、哺乳類《ほにゅう》なら何だっていい。抱き締めれば温もりくらいあります。だから、あなたも誰だっていいんですよ。彼女が指摘した通り、あなたは、彼女の個性になんか何の興味も持っていない。ただそこに抱き締めるべき対象である個体が存在すればそれでいいんです。そうでしょ？」

「出て行け」

僕は言った。

「とっとと出て行け」

「まあ、出て行くなら、出て行くでいいですけどね。それで、どうするんです？ その子にも呪いをかけるんですか？」

「呪い？」と僕は言った。「何の話だ？」

　男はまた呆れたように首を振った。

「まだ気づいていないんですか？　お父上からの最後の電話、覚えていないんですか？」

　それは呪いなんだ。

　父はそう言った。父と別れ、家に戻り、母の遺体を前に僕が呆然《ぼうぜん》としていたときだ。電話が鳴り、出てみると、今し方別れた父からだった。もうじき下りの電車が入ってくるというアナウンスが聞こえた。

　だから使うな。

「何のことだ？」

「いいですか？　お母様を殺したのは、確かにお父上です。でも、そのお父上を殺したのは、あなたじゃないですか」

「嘘だ」

「嘘じゃありませんし、嘘じゃないことをあなたも知っている。いいですか？　あなたも知ってる通り、あなたは鏡なんですよ。そしてまた、お父上も鏡だった。あの日、最後にお父上と会ったあの日、あなたはお父上を映してしまった。そしてお父上も自分を映したあなたを映してしまった。あなたは、お父上を映した自分を映したお父上を映した。お父上は」

男は言って、肩をすくめた。

「わかるでしょう？　虚像を映したはずの実像は、その虚像の中で、いつしか自らが虚像になっていることに気がつく。互いに実像を主張し合う虚像同士が終わりのない諍《いさか》いを繰り返す。そして昔から言われる通り、鏡を合わせれば、永遠に続く虚像の奥底からやってくるんですよ」

「何が？」

「悪魔が」

なのに、許せなかったのか？

僕の声が聞いた。

許したさ、と父は答えた。そして許した途端にすべてが虚《むな》しくなったんだ。

わからないな、と僕の声が言った。

つまりな、人間ってのはそこまでのものなんだって、そう気づいちまったんだよ。どんなに母さんが俺を思っていてくれたところで、どんなに俺が母さんを思っていたところで、所詮《しょせん》、俺は俺で、母さんは母さんでしかない。その二つは決して重なりはしない。母さんの恐怖は、母さんだけが背負えるものであって、俺はその一部さえ共有してやることができない。生きて彼女に接してきたこれまでの二十五年のすべてが虚しくなっちまったんだ。

愛しているのなら、私を殺して。

母はそう言ったのだという。

今、ここで殺してみせて。

一つになりたかったんだよ。俺も、母さんも。

父は言った。

だから、殺した？

ああ。

無茶苦茶な理屈に聞こえるな。

生を共有できないなら、死を共有しようと思ったんだよ。俺も、あいつも。生きている二十五年で果たせなかったものを死の一瞬を共有することで果たそうと思った。愛しているのなら殺してと頼んだあいつの気持ちが、俺にはよくわかった。それを求めているあいつの気持ちが俺にはよくわかったんだ。

「そして？」

男は言った。男は完全に僕の思考の中に入り込んでいた。僕が思い出す父との回想の中に男はいた。そこに間違いがあれば正そうとするように、僕の回想の道筋を見守っていた。

「そしてお父上は何を言ったんです？」

これから自首するよ。最後にお前に会っておこうと思ってな。

「自首する。そうです。そう言ったんでしょう?」

「でも……」

「そう、でもお父上は自殺された。なぜでしたでしょう?」

「なぜ?」

「都合の悪い部分だけ忘れるのはずるいですよ。覚えているはずです」

嘘だろう?

僕の声が言った。

嘘?

父が聞き返した。

そんな理由で人は殺せない。ましてや、二十五年も付き合った人を殺せるはずがない。

「でしょうね」と男は言った。「正しいと思いますよ」

だったら、と父は聞いた。だったら、なぜ、俺はあいつを殺したんだ?

すり替えたんだよ。

僕の声が言った。責める風はなかった。軽く笑みさえ含みながら僕の声は続けた。

二十五年もかけて付き合ったのに、母さんは父さんを受け入れられなかった。そして父さんも母さんを受け入れられなかった。そのことに絶望した。もっと試してみる時間はない。だから父さんは乗ったんだ。愛しているなら殺してくれっていう母さんの誘いに、それが空回りした言葉だけのものだと知りながら、それに乗ったんだ。殺すだけで愛情を示せるのなら、そんな簡単なことはない。それが全部嘘だって知りながら、母さんの誘いに乗った。そうすることで、自分に証明したかったんだ。自分が母さんを愛していることを。自分が母さんから愛されていることを。そんなものが何の証明にもなっていないことを知りながら。

俺は……

父さんは間違ってなかったんだよ。愛なんてそこまでのものなんだよ。それ以上を求めようとすれば、相手を殺すしかない。だから、父さんは母さんを殺した。ありもしないものを求めて、母さんを殺してしまった。そうだろう？　父さんにだって、もうわかってるはずだ。そこには何もなかった。何もなかったのに、手を握ったまま、あたかもそこに何かがあるように自分に思い込ませている。手を開いて見てみればいい。そこには何もないんだ。そして父さんの手の中に何も残らなかったように、母さんの手の中にも何も残らなかった。母さんは無駄に死んだんだ。

無駄に？

そう。一分の隙もなく、まったく無駄に。

父は惚《ほう》けたように僕を見ていた。そして欄干に置かれていた手をのろのろと開いた。最後の硬貨が指の間からすり落ちた。僕はその硬貨を目で追った。川に波紋が広がり、やがて消えて行った。僕が顔を上げたときにはもう、父は隣にはいなかった。

「僕は……」

「そう。お父上を呪ったのは、他の誰でもない。あなたです。お父上はその力が呪いによってもたらされたものだと言い残したのではありません。お父上やあなたの持つ力そのものが呪いだと言い残したのです。だからお父上は死を選びました。しかしあなたは生き残った。生き残ったあなたは、今でもその呪いを撒《ま》き散らしている。良二くんのお母さんがどうなったのか、知っていますか？」

男は内ポケットから手帳を取り出し、広げた。

「息子と私とは別な人間だ。息子のしたことを私に謝罪しろと言われても困る。記者を相手にそう明言して、ひどいバッシングを受けていますよ。良二くんは？　くる日もくる日も泣き通しだそうです。僕を殺してくれ。自分では死ねない。頼むから殺してくれ。泣きながら、それしか言わないそうです。事情聴取も碌《ろく》にできないと、担当の刑事がぼやいていましたよ。ミカちゃんの父親は、切れてしまったようですね。消費者金融に借金をして、遊び歩いているそうです。酒に女にギャンブル。絵に描いたような遊び人に成り果てました。それと、渡さん。あなたと別れてすぐ、電話を受けたそうです。新規の生徒の申し込みだったのですがね。断ったそうです。今の生徒がいなくなったら、学院はたたむそうですよ。いったいこの先、どうするつもりなんでしょうね」

「それが、僕のせい？　全部？」

「あなたじゃなければ、誰のせいなんです？　あなたは彼らを解放した。それは認めましょう。けれど、あなたが人を救ったことなど一度もない。あなたに解放されたあの人たちは、解放される前よりもひどい人間になっていますよ」

「嘘だ」

「嘘じゃありません。何なら、ご自分で確認されてはいかがです？」

「そうだとしても、嘘だ。あんたの言うことは全部嘘っぱちだ」

「なぜです？」

「だって、あんたは」

僕は男に向かって拳《こぶし》を振り出した。拳は虚空を泳いだ。男の姿はなくなっていた。

「あんたは存在しない」

僕は膝《ひざ》に手をついて、目を閉じた。自分を落ち着かせるために大きく深呼吸をした。僕はどうかしている。そう。それを認めればいい。僕はどうかしている。それだけのことだ。

「逆ですよ」

背後の声に僕は振り返った。男は相変わらず優雅な笑みと退屈そうな目付きをしてそこに立っていた。

「逆です。私はあまねく存在する。だから存在していないように見えるだけでね」

「消えろ」

僕は叫んだ。声がかすれた。

「いいですよ。消えたって」と男はつまらなそうに言った。「消えても、同じことです。

目に見えようと、見えまいと、私は存在します。あなたが生きている限りね。だから、同じことなんですよ」

「消えろ」

かすれた声のまま、僕はもう一度叫んだ。

「仰せのままに」

優雅な笑みを残像に、男は消えた。

どのくらい目を閉じていたのだろう。電話のベルに目を開けた。時計を見ると、正午をいくらか過ぎたところだった。

「昼休み」と熊谷は言った。

「ああ」と僕は答えた。

「まだ寝てた？」

「まさか。寝てないよ。起きてた」

「三時に終わるから、四時過ぎには行けると思う。あ、でも、買い物していくから、もうちょっと遅くなるかな。夕飯、作ってあげる。何が食べたい？」

「なあ、熊谷」

「何？」

僕はきつく目を閉じた。男の優雅な笑みは消えてくれなかった。

「今日は用事がある」

電話の向こうで熊谷がしばらく沈黙した。その意味を量りかねているようだった。

「来ないで欲しいってこと？」

やがて熊谷は言った。いつかと同じような平坦《へいたん》な声だった。

「どうしてもやらなきゃいけないことがあるんだ」と僕は言った。「それが終わったら、君の部屋に訪ねて行く。きっと行く。だから待ってて欲しい」

熊谷はまた沈黙した。

「それは」

やはり平坦な声で熊谷は言った。

「どのくらい先の話？」

「今日中に片がつくのかもしれない。明日《あした》までかかるかもしれない。もうちょっとかかるのかもしれない。わからない。でも、きっと終えられるし、終えたらすぐに君の部屋へ行く。他に行くところなんかないんだ。だから、待っててくれないか？」

三度目の沈黙は長かった。このまま電話を切られるんじゃないかと思った。けれど、熊谷は短いため息を送って寄越してくれた。

「五年は待たないわよ」

熊谷は軽く笑い、そう言った。

「五年したら、溝口くんとやっちゃうからね」

「熊谷」と僕も笑って言った。「女の子はもう少し言葉を慎んだほうがいい。せめて、しちゃうから、とか」

「そうだね」と熊谷も笑った。「それが終わったらすぐに来て。私の部屋で一日中しまくろう」

「楽しみにしてる」と僕は言った。

「私も」と熊谷は言って、電話を切った。

玄関を開けてくれたのは水谷さんだった。通されたリビングのソファーでしばらく待っていると、男がやってきた。平日の昼間に家にいるということは、会社は休んでいるのだろう。男はその動作すら億劫《おっくう》なように僕の向かいのソファーに腰を下ろした。

「サクラさんはまだ戻りませんか？」と僕は聞いた。

「ええ」と男は髪を撫《な》で付けるようにして頷《うなず》いた。「心当たり、と言って、大してあるわけではないんですが、思いつくところはすべて探しました。まったくどこへ行ったものやら」

見当もつきません、と男が言い、その嘆きに同意するように水谷さんが頷いた。それきり、二人とも口を開かなかった。あとはもう立花サクラが自分から帰ってくるのを待つしかない、と誰かが宣言するのを待っているような沈黙だった。役回りからすれば僕が適任なのだろうが、あいにくと僕にそのつもりはなかった。

「猫の話なんですが」と僕は言った。「サクラさんが黙って飼っていたということはないでしょうか。子供はよくやるじゃないですか。親に内緒で、捨てられていた猫を拾ってきたりして」

男は頷いた。が、それは頭で考えていた別のことに自分で同意したような頷き方だった。

「でも」と水谷さんが言った。「私、掃除をしにサクラさんの部屋へは入りますが、猫を見かけたことなんて一度もありません」

「たまたまということもあるでしょう」と僕は言った。「あるいは、人の気配がするとどこかに隠れる習性を持った猫かもしれませんし」

「でも、一度も見たことがないんですよ」

そこには何かしら僕を詰問するような雰囲気があった。男が咳払《せきばら》いをして、僕と水谷さんの会話に割り込んだ。

「柳瀬さんは」と男は言った。「お昼は済ませましたか？」

「いえ」

「ご一緒しませんか。もしよろしければ」

特にお腹はすいていなかったが、男の送る目配せを察して、僕は頷いた。

「ご迷惑でなければ」

「私もちょうど食べようと思っていたところなんです」

男は言って、水谷さんの膝を軽く叩《たた》いた。

「簡単なものでいいから、何か作ってくれないか？」

水谷さんが頷き、立ち上がった。男はスラックスのポケットから煙草を取り出し、僕に勧めた。

「吸いませんから」

男は頷き、僕に勧めた一本を自分でくわえて、火をつけた。

「すみません」

煙を吐き出しながら男は言った。

「少し神経質になっています。私も、あれも」

「いいんです」と僕は言った。「無理もないです。この状況では」

「いえ。そういうことではなく」

男は言って、次の言葉に迷った。

「猫の話なんです」

「猫？」と僕は聞き返した。

「実は、以前、猫を飼っていたんです。柳瀬さんがおっしゃっていたような、真っ白で毛の短い生意気そうな顔の猫を」

「以前、ですか？」

「サクラの母親が生きていた頃の話です。サクラの母親が死ぬのと同時にいなくなりました。サクラはずいぶんと探したようですが、結局、見つかりませんでした。サクラの母親が可愛がっていた猫ですから、あるいは飼主の死を察して姿を消したのかもしれません。そういうことがあるってよく言うでしょう？」

動物が死期を察して姿を消すというのは自分の死期だったような気もしたが、僕は頷いておいた。僕が知らないだけで、世間ではそういうこともあると一般的に言われているのかもしれない。それよりも、男の言葉の収まりの悪さのほうが僕には引っかかった。男は一度も「妻」とは言わなかった。「サクラの母親」と言い続けた。

「ですから、サクラが猫がいないと言っていたというのを聞いたとき、私はあてつけかと思ったんです。私と、あれに対する。あれもそう思ったでしょう。けれど、その猫を柳瀬さんも確かに見たとおっしゃる。それで私たちにはわからなくなりました」

男は膝《ひざ》の上で手を組んで、僕をじっと見つめた。

「柳瀬さん」と男は僕の表情を探りながら言った。「実際のところはどうなんです？それは本当なんですか？」

「本当と言いますと？」

「いえ、お気を悪くされたら謝ります。けれど、私たちにはどうしてもサクラとあなたとが二人して私たちを担いでいるようにしか思えないんです。教えて下さい。猫は本当にいたんですか？　そしてあなたは、本当にサクラの居場所を知らないんですか？」

「猫は本当にいました。そして僕はサクラさんの居場所を本当に知りません」

僕はきっぱりと言った。男はしばらく僕の顔色を窺《うかが》っていたが、やがて諦《あきら》めたように首を振った。

「そうですか」と男は言った。「すみません。勝手な言いがかりでした」

「立花さん」

台所から水音が聞こえているうちにと思い、僕は言った。

「今回のサクラさんの失踪《しっそう》には、何がしか、お母さんのことが原因になっていると思います。教えてもらえませんか？　サクラさんの母親はどんな人だったのです？」

「どんな？」

「あなたは家政婦だった水谷さんと恋愛関係に陥った。立花さん、水谷さん、サクラさん、そしてサクラさんの母親。なぜ、こんな四人が一つ家に暮らせていたのか。サクラさんはともかくとしたところで、奥さんはどうしてそんな状況を受け入れられたんです？　受け入れなければならない事情でもあったんですか？」

男の目に暗いものが宿った。それはお前の知ったことではない。そう言いたそうに、男はすぼめるような形で口を閉じた。残念ながら、男を懐柔している暇はなかった。僕と男にはあるのだろうが、立花サクラにあるとは限らなかった。

仕方ない。

「立花さん」と僕は言った。「話すべきです。あなたにサクラさんを探すつもりはない。それでも、あなたがサクラさんを探すのは義務感からです。父親だから探さなくてはならない。そういう義務感から、あなたはサクラさんを探している。自分は会社を休んでまで娘を探している。そういう自分に対する言い訳が欲しいのでしょう。けれど、それはあなたの本意ではないはずです。もっと言うのなら、あなたはサクラさんを探したくない。今すぐにだって投げ出したがっている。いいですよ。投げ出せばいい。サクラさんは僕が探します。あなたをその義務から解放してあげます。その代わり」

男が顔を上げた。

「呪われて下さい」

男がその意味を問い返す暇はなかった。僕らだけが世界から遮断される。部屋全体が暗くなり、台所から聞こえていた水音が一つ遠ざかった。世界から遮断された小さな箱の中、僕の意思だけが消える。主を失った僕の波長が男の波長を真似る。男の波長が僕の波長を誘《いざな》う。そして……

「教えて下さい。サクラさんの母親は」

僕の声がそっと男に忍び寄った。

「どんな人だったのです？」

男はすぼめていた口を開き、またすぐに閉じた。酸欠の金魚のような仕草を二度してから、男は抵抗をやめた。

「サクラの母親は、あれは」

すぼめられていた男の口が開いた。

「芸術家でした」

それでもまだためらうかのように、一度唇を丸め込むように結んだあと、男は続けた。

「彼女がピアノをやっていたというのは？」

「ええ。聞いています」

「音大でピアノを専攻していました。かなりいい線までいっていたようです。何かのコンクールで優勝したこともあったようですし、CDを作ったこともあったそうです。初めて出会ったとき、彼女は音大の学生で、私は二流私大の学生でした。共通の知人がいて、その人の紹介で会ったんです。出会ってすぐに結婚を決めました。私が二十三で、彼女は二十歳のときです」

男が何かを聞いて欲しそうにこちらを見た。僕の声がそれに応《こた》えた。

「ずいぶん結婚を急がれたように思えますが？」

「子供が、サクラができたからです」

「けれど、結婚して、子供を産むとなると」

「ええ。彼女はピアニストへの道をあっさりと諦めました。大学も辞め、出産に専念することにしたんです。彼女は家庭的に幸福ではなかったですから、そういうことに対する憧《あこが》れが強かったのかもしれません。両親が早くに離婚して、彼女は母親の手で育てられたそうです。生活もかなり苦しかったようです。大学へ行くのにも奨学金を取っていました。それに、彼女自身も、その頃から自分の才能に対して懐疑的になっていたということもあるんでしょう。よく言われるように、才能というのが、自分の力を信じ切ることのできる能力だとするのなら、彼女にはそれが欠けていたのだと思います。彼女は信じ切れなかった。幸い、私の実家は経済的に余裕がありましたから、私は親からまとまったお金を借り、彼女との生活を始めました。もちろん、親には猛反対されましたけれど、私が押し切りました」

男はその決断を悔やんでいるようだった。

「あなたは反対されなかったのですか？」と僕の声が聞いた。「彼女が子供を産むことに」

「どうして反対できます？」

男は言った。何かを蔑《さげす》むような笑みが刻まれた。

「好きな人に子供ができたという。彼女は産みたいという。どこに反対する理由があるんです？」

男はゆっくりと息を吐いた。息とともに吐き出されていくように、男の顔から笑みが消えていった。

「生活は順調でした。彼女は無事にサクラを出産し、私は大学を卒業して就職しました。決して楽ではなかったですけれど、親子三人が暮らしていくほどの稼ぎは得られるようになりました」

「それが？」

「結婚して、一年経ち、二年経ち、やがて私の中に疑念が生まれていました。サクラが大きくなるにつれて、その疑念は膨らんでいきました」

「疑念?」と僕の声が聞いた。「どんな疑念です?」

「サクラは私に似ていなかった」

男は感情を押し殺した声で言った。

「娘が必ずしも」

その先の否定を誘うために、僕の声が静かに反論した。

「必ずしも父親に似るとは限らないでしょう?」

「ええ。けれど、サクラは別の男に似ていました」

「誰に?」

「前川陽一郎《まえかわよういちろう》」

「何者です?」

「指揮者でした。将来を嘱望された指揮者でした。私とは高校の同級生で、彼女とは同じ大学に通っていました。私と彼女とを引き合わせた男です」

「確認したのですか? それを彼女に」

「できるわけがないでしょう? どう聞けばいいんです? サクラは本当に私の子供なのか、と? 前川の子供じゃないのか、と? そう聞くんですか?」

「ええ」

荒らげられた男の声を僕の声はたやすく受け流した。

「そう聞くべきだったのでしょう」

一瞬息をつめた男は、やがて苦しそうに頷《うなず》いた。

「そうですね。そうなのでしょう。けれど私は聞けなかった。あれが」

男は台所に向けて微《かす》かに首を振った。

「あれが初めての相手ではありません。膨らんでいく疑念を抑え切れずに、数え切れないくらいの浮気を重ねました。最初は罪悪感もありましたが、次第に消えました。私の浮気に気づいていても、彼女は何も言わなかった。嫉妬《しっと》すらしなかった。黙殺、です。その代わり、サクラには過剰とも言えるほどの愛情を注いだ。小さい頃から、つきっきりでピアノのレッスンをしていました。小学校に上がると、有名なピアニストのもとにサクラを通わせ始めました。彼女はそれにもついて行きました。サクラと一緒にそのピアニストの家へ行き、レッスンを後ろで眺め、サクラと一緒に帰ってきて、家に着《つ》いたらすぐにその日のレッスンの復習です。私のことなど目も向けなかった。ええ。賭《か》けたっていいですよ。彼女は私の浮気など、本当に何とも思っていなかった。あれのことだって、気にも留めていなかった。むしろ、自分の代わりに私の相手をしてくれていると感謝すらしていたかもしれません」

男は物語を終わらせようとしていた。けれど僕の声は、まだ見えていないその奥に、すでに手をかけていた。

「立花さん」と僕の声が言った。「あなたは本当にそれを知らなかったのですか？　サクラさんが自分の娘ではないことを本当に知らなかった？」

「知るわけがないでしょう」

当然のように男が言った。

「知っていてどうして結婚できます？」

「そうでしょうか？」

「何を言いたいのです？」

男が聞いた。

「あなたは知っていた。彼女のお腹にいるのが自分の子供ではないことを。それでもあなたは彼女を諦《あきら》められなかった。利用されたのはあなたじゃない。彼女です。あなたは彼女が妊娠していることを利用した。自分を利用しようとしている彼女を利用したんです。そのときなら彼女を自分のものにできる。そのときを逃せば、彼女は決して自分のものにはならない。あなたはすべてを知っていた。そうでしょう？」

男は首を振りかけてから、力なくうなだれた。

「私は」

男はうめいた。

「彼女を愛していた」

「そうなのでしょうね」

僕の声がいたわるように言った。

「そして、彼女から愛されることができると思っていた。けれど、彼女の中にあなたの入れる場所はなかった。彼女と過ごした時間は、あなたにそれを確認させただけだった」

「そんなことは……」

「それなら、あったのですか？　あなたの場所が、彼女の中に。一瞬たりとも、あったときがあったのですか？」

男が沈黙した。

「彼女はなぜ、自殺したんです？」

僕の声が聞いた。男の波長が震えた。

「わかりません」と言う男の声は波長と同じように震えていた。「突然、思い出したように自殺しました」

「嘘です」

僕の声が言った。

「立花さん。話して下さい」

それでも男はためらった。

「指揮者でした。前川陽一郎のことをそうおっしゃいましたね？」

崖《がけ》の上で迷う男の背中を僕の声がそっと押した。

「なぜ過去形なんです？」

僕の声が言った。喋《しゃべ》ってしまえば楽になる。そう言っていた。どうせここまで来たんでしょう？　あと一歩でいいんです。そう誘っていた。そして男は、その一歩を踏み出した。

「死んだからです。自殺したんです」

一歩踏み出してしまえば、もう余計な力はいらなかった。重力に導かれるまま、男は淡々と喋り続けた。

「若い頃こそ将来を嘱望されていたものの、最近ではあまりぱっとしなかったようです。次代を担う新しい才能。そう担ぎ上げられて自分を見失ったのかもしれません。二十年に一人の逸材なんて、五年に一人は出てくる世界です。彼は忘れ去られつつありました。そして彼もまた、自分の才能を信じ切れなかったのでしょう。人が見守る中、踏み切りから線路に入って、やってきた列車に向かって走り出したそうです。まったく。あいつらしい死に方ですよ。それが彼女が自殺する三日前のことでした。いえ」

男は言って、そこで深い息を吐いた。

「その三日後に、彼女が自殺を図ったと言ったほうが正しいですね」

それが男の抱える澱《おり》のすべてだった。僕は男から波長を離した。部屋に光が戻った。台所から聞こえていた水音は、いつしかやんでいた。僕の前で、男は目を閉じ、眉間《みけん》を指で揉《も》んでいた。

「ひどい話ですね」と僕は言った。「でも……」

男は僕の言葉を聞いていなかった。何も言わずにふらりと立ち上がり、部屋を出て行ってしまった。

ええ、立花さん、と僕は男に語りかけた。

それが本当ならひどい話だと思います。ピアニストと指揮者が恋に落ちて子供ができた。ピアニストは母親になりたくて、指揮者は父親にはなれなくて、だから二人は謀って実家が経済的に豊かだったあなたを父親にしようとした。そして指揮者は勝手に死に、ピアニストはそれを追って死んでしまった。あなたも、子供も、世界の何もかも放り出して。それが本当なら、ひどい話だと、ええ、僕もそう思います。でも、それにしたって立花さん。

「それはサクラさんが悪いわけじゃないでしょう?」

水谷さんがお盆の上にサンドイッチを載せて戻ってきた。

「立花はあちらで食べると言ってますが、柳瀬さんはどうなさいます? ここでいいですか?」

僕は水谷さんを見た。水谷さんは男の澱を理解しているのだろうか。それでも水谷さんは男を愛しているのだろうか。それともただ同情しただけなのだろうか。いっそ、正面から聞いてみたい衝動にかられたが、堪《こら》えた。その二つに何か違いがあるんですか。そう問い返されたら、僕はうまい答えを返せそうになかった。

「いえ。サクラさんの部屋で」と僕は言った。「いいでしょうか？　手がかりになるものがないか探してみたいですし」

「ええ。それはもちろん」

先に立とうとした水谷さんを制し、僕は盆を受け取って、一人で階段を上がった。

立花サクラの部屋は前に来たときとほとんど変わっていなかった。アップライトピアノもあったし、机とベッドと本棚もあったし、水槽には相変わらず魚がいなかった。ただ部屋の主とベッドの上の猫が欠けていた。それに、前に来たときには気づかなかったことも一つあった。

「それにしたって、なあ」と僕は立花サクラに問いかけた。「この部屋はどうしてこんなに寒いんだ？」

誰も答えなかった。本棚にあったオルゴールの人形が今にも笑い出しそうな顔をしながら僕を眺めていた。

僕はサンドイッチを頬張りながら、部屋の中を探索した。机の引き出しを開け、ベッドの下を覗《のぞ》いた。それは立花サクラに対して、礼儀を欠く行為ではあったけれど、やめるつもりはなかった。立花サクラを探す人間は、世界でただ僕しかいない。それははっきりしていた。立花サクラが自分から戻ってくることはない。それもはっきりしていた。

僕はクローゼットを開け、ゴミ箱をあさった。本棚の一冊一冊をチェックした。それ以上探す場所もないと諦めかけたとき、ピアノの上の写真たてが目に入った。写真たては元の場所にあったが、中の写真がなくなっていた。僕はその写真たてを持って、階段を下りた。

　男と水谷さんはダイニングのテーブルにぼんやりと肘《ひじ》をついていた。二人の前にあるサンドイッチは手をつけられていなかった。

　僕が写真たてを目の前に差し出すと男は条件反射のように受け取った。写真たてをしばらく眺めた男は、問いかけるように僕を見上げた。

「そこに入っていた写真、覚えてますか？」

　男に覚えはなかったようだ。ゆっくりと首を振った。

「サクラさんが母親と写っていたはずなんです。古ぼけたピアノと、それから変な光が入った写真です」

「ああ」と水谷さんが言った。「ええ。覚えています」

　男も思い出したように頷《うなず》いた。

「そんな写真がありましたね。そう。ずっと前、もう十年も前の写真だと思います。サクラはそんな写真を飾っていたんですか？」

「場所はどこです？」

「昔、住んでいた町の教会です。ここに越してきたのは私の父が死んでからで、その前に住んでいた町です。近くに教会があって、頼まれてサクラの母親は日曜日によくピアノを弾きに行っていました。賛美歌の伴奏です。サクラも連れて行っていましたから、そのときに撮ったものでしょう。サクラはそこに？」

「わかりません。その可能性もあるというだけです。場所を教えて下さい」

「行ってくれるのですか？　そこへ？」

「ええ。行きます」

「お世話をかけます」

男は頭を下げた。僕は男からバトンを受け取ったことを悟った。そして、男がバトンを渡した以上、水谷さんがバトンを手にしているわけもなかった。

「よろしくお願いします」

水谷さんも頭を下げた。


その町へは、立花サクラが住む町から電車で一時間ほどかかった。大きな神社を取り囲むように古びた家が建ち並び、その間を細い路地がくもの巣のように這《は》い回っていた。男が書いてくれた、以前、立花家が住んでいたという家の住所を訪ねてみた。古い集合住宅があったはずのその場所は、コイン駐車場になっていた。通りかかった人に尋ねてみると、教会はまだあるらしい。そこまでの道筋を丁寧に教えてくれた。

「建物そのものはあるけどな。でも、あそこ、もう閉まってるんじゃないかな」

散歩の途中らしくぷらぷらと歩いていた老人は、かぶっていたハンチング帽を取って、綺麗《きれい》に禿《は》げ上がった頭をゴリゴリと掻《か》いた。

「うん。そういや、あそこの住職も、最近、見てないな」

その住職が牧師か神父かは知らないが、僕は老人に礼を言い、教えられた道を辿《たど》り始めた。

教会はすぐに見つかった。昔ながらの日本家屋が続く町並みの中で、その西洋風の尖《とん》り屋根は周囲の景色から浮いていた。周囲の建物は何世代かの歴史を感じさせたが、その建物はそこまで古びてはいなかった。そして、周囲の建物はしぶとく生き延びていたが、その建物はあっさりと事切れていた。

僕は背の高い鉄の門を押した。嫌な音を立てながら門は開いた。道からは見えなかったが、建物の前に木のポーチがあり、男が一人座っていた。男はうなだれたまま、身じろぎ一つしなかった。

死んでる？

一瞬そう思ったが、僕がポーチに足をかけると、ポーチの軋《きし》む音に男が顔を上げた。

「こんにちは」と僕は言った。

男が口の中で挨拶《あいさつ》を返したようだったが、それは僕の耳に届く頃には意味をなさない音の羅列になっていた。男の頭の上にはぶよが柱になって舞っていた。日の落ち始めた薄闇の中、その双翅《そうし》目の群れはもっと不吉なものに見えた。

「ここの方ですか？」と僕は聞いた。

男は頷き、それから首を振った。男が口の中で何か言った。その声はやはり言葉としては聞き取れず、僕は男の隣に座って聞き直した。その生気のなさからずいぶん年寄りに思えたが、近くで見てみるとその肌はまだ中年に差しかかった辺りのものに見えた。

「何ですって？」

「ここに住んでいます」と男は言った。「それだけです」

誰かに何かを言い訳するような口ぶりだった。それだけだから見逃してくれとでも言いたそうな調子だった。

「人を探しているんです。中学生の女の子なんですけど。訪ねてきませんでしたか？」

「さあ」と男は言った。「ずっとここに座っていますが、訪ねてきたのは一人だけです。中学生の女の子ではありません」

「確かですか？　中はどうでしょう？　いませんかね」と僕は聞いた。

「入り口は閉めてありますから」

男は言った。振り返って建物の入り口を見てみると、確かに二枚の扉の取っ手には鎖がかけられていた。ふと徒労感に襲われた。

僕は間違えたのだろうか。どこかで何かを間違えてしまったのだろうか。

思えば、僕に立花サクラを探し出すことができるという根拠など、何一つないのだ。

しばらく立ち上がる気にもなれなかった。立ち上がったところで、他に行く当てもなかった。事情を問いただすこともなく、男はやはり死体のようにそこに座っていた。

「ここで、何を？」

僕は聞いた。

「何も」

男は答えた。

「人に語るほどのことは何も」

「ここの」と言いかけ、区別がつかなかった僕は先の老人の言葉を借りた。「住職さんですよね？」

住職？

男は聞き返したあと、陰鬱《いんうつ》な笑みを浮かべて頷いた。

「ええ。かつては」

「閉めてからどれくらい経つんです？」

さして興味があったわけでもない。腰を上げないためには何かしら言い訳が必要で、さしあたって僕の周りに役に立ちそうな言い訳はその男しかいないというだけだった。

「一年です。もうじき一年です。去年の夏でしたから」

会話に飢えていた風もなかったが、男は見知らぬ僕の問いかけにも無警戒に答えた。

「去年の夏」と僕は言った。「何があったんです？」

度を越していたようだ。男は答えなかった。代わりに、男の波長が訴えてきた。静かな男のたたずまいとは裏腹な激しい波長だった。気づいたときには、世界から僕と男だけが遮断されていた。夕闇よりも深い闇が僕と男を覆った。湿気を含んだ空気の匂いがふっと遠ざかった。僕の波長が、平坦《へいたん》に横たわる男の波長と重なった。

「お話を伺っても？」

僕の声は何気なく切り出した。男が微《かす》かな躊躇《ちゅうちょ》を見せた。僕の価値を推し量るように探っていた視線は、やがて僕への興味が薄らいでいくように焦点を失った。

「神は？」

男が言った。

「はい？」

「信じますか？」

「わかりませんね。いるのかもしれないし、いないのかもしれない」

「不可知論者ですか。一番無難ですね。一番無難で一番ずるい」

言葉にこもってしまった非難の色を悔やむように男は口を閉ざした。男の波長が僕の波長の重さを厭《いと》うように身を捩《よじ》らせていた。

「そうですね」

僕の声が内側から男をなだめた。

「そうかもしれません。あなたは？　信じているのですか？」

「私は……」

男の波長がびくんと揺れた。男の手が自分の胸元に伸び、シャツの下からネックレスを引き出した。そこについている銀色の十字架を男は握り締めた。

「私は信じていました。神を。神は存在しなければならないものです。でなければどうして人が人として生きていけますか。人は獣ではありません。個体の維持。種の保存。そのシンプルなルール以外にどうやって自らを律するというのです。神以外の誰がそれを規定できるというのです」

神は、と男は言った。

「絶対的実在です」

「それは信仰ではなく信念では？」

僕の声が誘《いざな》った。それに抗《あらが》うだけの力は男には残っていなかった。

「そう。そうかもしれません。だから私は欲したのです。神秘体験を。神が、その実在の片鱗《へんりん》を私に示してくれることを、私は祈り続けました」

夏でした、と男は言った。

「多くの人の歓声に何事かと教会を出てみると、夏祭りでしょう。教会の前の道を神輿《みこし》を担いだ人たちが通るところでした」

ワッセ、ワッセ、ワッセ。

もちろんそれは、と男は言った。

「もちろんそれは、信仰ではありません。ただの年中行事です。誰も信仰として神輿を担いでいるわけではない。けれど、いえ、だから、でしょうか。私はその風景に嫉妬《しっと》しました。それが異教のものであろうと、神のためになされていることならば、そんな感情は芽生えなかったのかもしれません。一心不乱に、何の意味もなく、あんなにも重いものを、みんなが力を合わせて担いでいる。みんながそれを見ている。見られているほうも、見ているほうも、あんなにも顔を輝かせながら。信仰として始まりながら信仰ではない。その風景に私は嫉妬したのかもしれません」

血の気を失って白くなるほど、男の手は強く十字架を握り締めていた。

「一人の男が私の横に立ちました」

羨《うらや》ましいのですか？

「神輿を眺めながら、男が聞きました。見たことのない男でした。見たことのない男にそこまで見透かされていたことに、私はうろたえました」

まさか。

「私は答えました」

ただの祭りです。あれは信仰ではありません。

「男は頷《うなず》きました」

その通り。

そしてそれこそが宗教です。違いますか？

何を……

「私は言いました。男が何を言っているのか、わかりませんでした」

祭りを司《つかさど》って祭司。宗教とは本来お祭りです。だから、あなたのお考えは本末転倒です。祭りはその昔宗教的なものであった、のではなく、宗教はその昔お祭り的なものであった、のです。我を忘れるほどの高揚感。そこにもたらされる一瞬の陶酔。それこそが宗教なのではないですか？

「あなたは私を愚《ぐ》弄《ろう》する気か。私はそう言いました。男は構わずに続けました」

その陶酔に救われるものが信者。それで納得できないというのなら、その人は哲学という迷路に迷い込むしかない。決して出口のない迷路にね。ですから……

「熱っぽく語るわけではありません。むしろ退屈げに男は言いました」

ですから、宗教とは説くものではなく、授けるものです。授けた相手が要らぬと言うのなら、それ以上の無理強いは意味をなしません。わかりますか？　ですから、宗教などとうの昔になくなっているのですよ。情によって授けられない教えは、理をもって説かれる。ときに権力という後ろ盾を得てね。それがあなたの言う、宗教、です。陶酔に訴えるのではなく、強迫観念に訴えるのです。

「お説はわかりました。私は皮肉を込めて言いました」

いいえ。わかっていない。

「男が私を見ました。そこにこもっていたのは、まごうことなく、哀れみでした」

だから地獄が生まれたのだ、と私は言っているのですよ。陶酔の中に地獄はない。地獄があるのは強迫観念の中です。権威を後ろ盾に、理をもって説かれたとき、初めて宗教は地獄を得るのです。信仰しなければならない。神の意に添う生活をしなくてはならない。そうしなければ……

「私は聞いた」

地獄に堕《お》ちる？

「男は頷いた」

そうです。

つまり……

そう。

「男はひたと私を見つめました」

あなたが説いているのは救いではない。地獄です。あなたが呼び起こしているのは愛ではない。恐怖です。

「私は……私は何をしていたのだろう。そう思いました。何も答えられませんでした。脳のすべてがふやけてしまったかのように。そして脳以外のどこにも、私の中に神はいなかった。気づくと、男の姿は消えていました。皮肉なものです。あれほど求めた神秘体験を私は初めて経験したんです。神を否定する奇跡を」

男の手が十字架から離れた。

「教会は閉めました。今の私は何者でもありません。神を信じることもできず、切り捨てることもできず、死ぬこともならず、生きる目的もなく、ただここにいます」

そのまま言葉を継ぎかけて、男は一呼吸置いた。

「一人来たと言いましたね」

「ええ」

「その男です」

「何をしに来たのです？」

「何も。ただそこに座っていました」

男は僕が座っているまさにその場所を見つめた。

「そしてただ一言。また夏が来ますね、と、そう言い残して消えました」

そう、と男は頷いた。

「また夏が来ます」

激しく揺れていた男の波長が、そこで事切れたようにまた平坦に横たわった。僕は男から波長を離した。僕が最初に見たときと同じ姿勢で、男はうなだれたまま、身じろぎ一つしなくなった。

もしそれが望みであるなら、と僕は言いかけた。僕が殺して差しあげましょうか？

夏がやってくる、その前に。

それを堪《こら》えたのは怖かったからだ。男に頷かれたのなら、それを止める力が僕の中にはなさそうだった。

僕は重い腰を上げた。

「その男のことなら」

僕は立ち上がって、言った。

「僕もよく知っています」

男がゆるりと顔を上げて、僕を見上げた。

「また来ますかね？ 彼は、また来るでしょうか？」

それに怯《おび》えているようでもあり、それを待っているようでもあった。許しを請うように、あるいは罰を待つように、男は罪人の顔で僕の答えを求めていた。信じようとして男は形を作った。けれど、より完全なものを望めば望むほど、男の中に綻びが生まれてしまった。もう、男の神にも、僕にも、世界の誰にも、男は救えない。もし男を救える人がいるのだとしたら、それは男の前にやってきたというその人だけなのだろう。

「来ますよ」と僕は頷いた。「あなたが生きている限り、何度でもやってきます」

「そうですか」

そのことに絶望したように、あるいはそのことに安堵《あんど》したように、男は深い息を吐いて、また目を閉じた。

聞こえてきた鳴き声に僕は目を向けた。僕と建物のちょうど真ん中辺りで、白い猫がこちらを見ていた。僕の視線を待って、猫はゆっくりと歩き出し、建物の扉に吸い込まれていった。僕は建物の扉の前に立った。引き開く二つの扉の取っ手に渡された鎖は、何重にも巻かれていた。が、それだけだった。それを留めていたのであろう南京錠を足元に見つけた。僕は鎖を解《ほど》き、二つの扉を引き開けた。男はこちらを見ようとすらしなかった。僕はその教会に足を踏み入れた。

正面の奥に祭壇があった。その横手にあの写真に写っていた古ぼけたピアノがあった。左右に並んだ長椅子を見ながら、僕は祭壇まで続く通路をゆっくりと歩いた。立花サクラは祭壇に一番近い長椅子に頭をこちらに向けて横になっていた。眠っているようだった。立花サクラの手は、自分のお腹の上で丸まっている猫の背中に置かれていた。寝ている立花サクラに気を遣ったように、猫がミャーと小さな声で言った。

「こんにちは」と僕も囁《ささや》き返した。

僕は立花サクラの頭の横に腰を下ろした。祭壇の後ろにはステンドグラスがあった。子を胸に抱いた母とそれを取り囲んだ三人の老人と二人の天使とが、平穏で幸福な何かを象徴しようと虚《むな》しい努力を続けていた。

ん、と鼻を鳴らすような声を上げて、立花サクラが目を開けた。上から見下ろしている僕に気づくと、にっこりと微笑んだ。無邪気な笑顔だった。立花サクラがまだ十四歳の少女であったことを僕は思い出した。

「やあ」と僕は言った。

「うん」と立花サクラは言った。

立花サクラはもぞもぞと身を起こした。一度、立花サクラの体から飛び降りた猫は、彼女が座り直すと、再びその膝《ひざ》の上に飛び乗った。

「見つけたんだね」と僕はそいつの頭を叩《たた》いて言った。

「うん。見つけた」

不満そうに僕を見上げた猫の顎《あご》の下を撫《な》でながら、立花サクラは頷《うなず》いた。

僕らはしばらく黙ってステンドグラスに描かれた七人を眺めていた。七人は相変わらず虚しい努力を続けていた。その裏側から差す光が昼間の明るい光ならば、彼らの努力にも少しは微笑ましさを感じることができたのかもしれない。けれど、暮れかかる日の淡い光を受けた彼らの姿は、ただ物悲しいだけだった。

「ねえ、あれは」と立花サクラはその七人を眺めながら聞いた。「愛なの？」

「どうだろう」と僕は言った。「わからないな」

立花サクラはポケットから写真を取り出した。その時と今とを重ね合わせるように、自分の視界の中でピアノがある場所に写真の中のピアノを置いた。

「結局のところ、母さんは」と腕を伸ばし、その先にある写真を見ながら立花サクラは言った。「私を愛してなんていなかったのよね」

僕は答えなかった。彼女は彼女自身も気づかぬままに波長を解き放っていた。そこに重なろうとする僕自身の波長を、僕は懸命に抑えつけていた。

「母さんが愛していたのは、前川何とかっていう男だけ」

立花サクラは写真をまたポケットに戻した。

「母さんの昔の恋人」

「お父さんから聞いたよ」

「そう」

立花サクラは頷いた。

「母さんは私を愛していたんじゃない。私はその男の面影を持っていた。ただ、それだけだった。だから、母さんは私にあんなに」

そう言って、立花サクラは次の言葉に迷った。

「まとわりついた」と僕は言った。

「そう。まとわりついた」と立花サクラは頷いた。「そして私もそれを知ってた。だからあんなに必死になってピアノの練習をした。母さんに喜んで欲しかったから。母さんに褒めて欲しかったから。喜んで、褒めて、私を愛して欲しかったから。でも」

立花サクラは言った。

「でも、私だって母さんを愛しているわけじゃなかった。母さんに愛して欲しかっただけ。それでも私を愛してくれない母さんを私は心から、本当に心から憎んでいた。でも憎むだけならよかった。ヨーロッパから帰ってきて、私は母さんを軽蔑《けいべつ》し始めた。母さんはそれに気づいた。だから、自殺したの」

「君のせいじゃない」と僕は言った。

「知ってる」と立花サクラは言った。「私のせいじゃない。本当はわかってた。母さんは、私の中にあるその男の面影に、憎まれて、軽蔑されることに耐えられなかっただけ。私のために母さんは自殺してくれたりなんてしない。だから、私は殺しに行ったの。せ

めて最後くらい、意識すらなくなった最後の命くらい、私のために使ってくれたってい
いじゃない。そう思ったの」
「そうだね」と僕は言った。「そうだね」
「夜中に病院に忍び込んだ。あっけないほど簡単に入れて、あっけないほど簡単に母さ
んの病室に辿《たど》り着いた。喉《のど》の奥にチューブを差し込まれた母さんが寝てた。チューブの
先が機械につながっていた。ダイヤルを回すところがあってね、四つの目盛りのうちの
一番左に回せば、その機械が止まることはわかってた。笠井先生にそれとなく聞いたか
ら。今、左から二番目の目盛りを差しているダイヤルを、たった一回、カチッて左に回
すだけで母さんは死ぬの。私はダイヤルに手をかけた」
立花サクラは少女本来のやり方で微笑んだ。幸せそうな微笑みだった。そのままガラ
スに閉じ込めて、後ろから光を当てたくなるような微笑みだった。
「ねえ、ダイヤルに手をかけたときの私が、どんなに嬉《うれ》しかったか、わかる？　こんな
にも簡単に母さんを殺せる。ただこの手を少しひねるだけで母さんは死ぬ。嬉しかった。
嬉しくて嬉しくて、おしっこを漏らしそうになった。私と母さんとは、今、こんなにも
ぴったりと一つになっている。私はその感覚を楽しんでいた。いつまでもそうしていた
かった。でも」
立花サクラの幸せそうな笑みが揺らいだ。
「突然、手が伸びてきた。私の手をつかんで、ダイヤルから引き剝《は》がした。笠井先生だ

った。左手で私の右手をつかんだ笠井先生は、そのまま右手でダイヤルを回した。本当に何でもない感じで。落としたペンを拾うみたいな感じで。カチッて音がした。ほう、って母さんが息をついた。まるで私じゃなくてよかったって言うみたいに。私に殺されなくてよかったって、そう言うみたいに」

立花サクラは危うい微笑を顔に揺らしたまま、涙を流していた。

「笠井先生はそのまま何にも言わずに病室を出て行った。私、ぼおっとしてた。しばらく何も考えられなかった。気づいて、母さんの心臓に耳を当ててみた。止まってた。手首に手を当ててみた。脈はなかった。私、病院中を歩き回った。笠井先生を探して歩き回った。殺してやる。絶対、ぶっ殺してやるって思った。せっかく殺せたのに。せっかく私が母さんを殺せたのに。それが最後のチャンスだったのに。なのに、あいつは」

立花サクラの頰を涙が伝った。

「でも、見つけられなかった。夜が明けて、私は家に戻った。眠れなかった。朝のニュースを見たけれど、何もやってなかった。母さんの話なんて誰もしてなかった。嘘みたいだった。私と笠井先生が母さんを殺し合ったのに、それで本当に母さんは死んだのに、誰も何も言わなかった。夢でも見てたんじゃないかと思った。でも、しばらくして病院から電話があった。母さんが死んだって。私は父さんに連れられて病院へ行った。母さんが死んでた。ベッドの脇に立った何人かの医者の中に笠井先生もいた。笠井先生はじっと私を見ていた。いつかきっと殺してやる。そう思って私も笠井先生を睨《にら》み返した」

「今でも殺したいって思っている？　仮にそのときに戻れるとしたら、今でもやっぱりお母さんを殺しに行く？」

おそらく教授が聞きたかったのであろう唯一の問いかけを、僕は教授の代わりに発した。

「行く」と立花サクラはきっぱり頷いた。

「そう」と僕も頷いた。

「でも、本当に殺すかどうかはわからない」と立花サクラは言った。「もう一度、あのダイヤルに手をかけたとき、殺すような気もするし、殺さないような気もする。でも、殺したかったっていう今の気持ちは、この先もずっと持っていると思う」

「それでいいんだと思う」と僕は言った。「その気持ちは、一生変わらないのかもしれない。でも、その気持ちとはまったく違う別の気持ちがまた一つ、生まれるときもあると思う」

立花サクラはそのことについて考えるように、しばらく僕の顔を眺めた。

「ねえ、笠井先生は」と、やがて立花サクラは言った。「私に母さんを殺させないために母さんを殺したの？　あれは私のためだったの？」

「わからない。君のためだったのかもしれないし、お母さんのためだったのかもしれない」と僕は言った。「でも、それがどっちであるにせよ、君が気にすることはない。あの人は聖職者なんだ。そうする義務があると思えば、茨《いばら》の道だって裸足《はだし》で歩く人だよ。

だから心配しなくていい。君のためだったとしたところで、それは愛じゃないから」

「そう」と立花サクラは頷いた。

それからしばらく、立花サクラは黙ってステンドグラスを眺めていた。黙り込む彼女を案じたように、猫が乗っていた膝から体を伸ばして、立花サクラの顎を舌で舐《な》めた。

「私、女だったの」

立花サクラは、その猫の頭を撫でてぽつりと言った。

「自分が母さんと同じ女だなんて、考えてもみなかった。でも、痴漢にあってね、ふっと気づいたの。私は母さんと同じ女で、だからいずれ母親になるんだって。馬鹿みたいでしょう？」

僕は答えなかった。おもねるように猫がミャーと鳴いた。

「そのときは大丈夫だった。あんたと話して、元気になって、開き直れた。女なら女でいい。上等じゃない。母親にだってなってやろうって、そう思った。だから、女らしい服を買った。パンティーだって買った。でも、帰ってきたら突然、生理が始まったの。まだ始まってなかったの。もう十四なのに、きてなかった。それが突然きたの。驚いた。女だってことを意識したら、体が急にそれに追いついた感じ。大丈夫だと思ってたのに駄目だった。いずれ母親になるんだって、そのことがすごくリアルに感じられた。さっきまでの開き直った気持ちがぺしゃんこになった。怖かった。吐きそうになるくらい怖かった。我慢できなかった。そしてこいつが」と立花サクラは猫の頭を叩《たた》いた。「いなくなった。だから探しに出かけたの」

「心配したよ」と僕は言った。

「探してくれる人がいるとは思わなかった」と立花サクラは笑った。「ううん。どうかな。本当は期待していたのかもしれない。でも、どっちでもよかったの。こいつのあとを追いかけて、それでそのままいなくなっちゃっても、それでもいいような気がしてた」

「残念ながら、それほど人生は甘くない」と僕は言った。

「そうみたいだね」と立花サクラが頷《うなず》いた。

「行こうか」

「うん」

僕らは立ち上がった。立花サクラの膝《ひざ》にいた猫がひょいと床に飛び降りて、確認するかのように立花サクラを見上げた。

「私は大丈夫」と立花サクラは言った。「大丈夫じゃないのかもしれないけど、何とかする。だから、あんたは母さんのところに帰りなさい」

立花サクラに頷き返し、猫は僕にフミャーと長く鳴いた。

「さようなら」と僕も言った。

誇らしげに尻尾《しっぽ》を立てて祭壇へ歩いて行った猫は、一度祭壇に飛び乗ってから、身を宙に躍らせた。僕にはステンドグラスの中へ飛び込んで行ったように見えた。寓話《ぐうわ》の中へとダイブした猫は、それっきり僕の視覚世界から消えた。

「帰ろう」と僕は言った。

「うん」と立花サクラが頷いた。


立花サクラを家に送り届け、僕は電車に乗った。車内には僕の他に三人しか乗客がいなかった。僕は座席に座った。すっかり暗くなり、窓から外は見えなかった。僕は反対側の窓に映る自分の姿を眺めていた。三つ駅を過ぎる間に、二人の乗客が降り、雨が降り出してきた。窓を水滴が叩いた。四つ目の駅で、僕と反対の端に座っていた客が降りた。ドアが閉まり、電車が動き出し、そして窓ガラスの中に男が現れた。

「頑張りましたね」

僕のすぐ隣に現れた男はからかうように僕に言った。

「よく堪《こら》えました。いつ力を使うかと思っていたんですが、堪え切りましたか」

「うるさいよ」

僕は窓ガラスを見たまま、そこに映る男に言った。

「どうするんです？　これから」

「朝までしまくるんだよ」と僕は言った。「だから邪魔するな」

男は呆《あき》れたように首を振った。

「一生、堪え切れるとでも思っているんですか？　彼女に会えば、いつかあなたは彼女を呪いますよ。お父上がそうだったように。ねえ、お父上ですら堪え切れなかった。あなたより、はるかに力の弱いお父上ですら。それがどうしてあなたに堪え切れます？」

「本当にうるさいな」と僕は言った。「どうにかするよ。黙って見てろよ」

「まさか、また愛なんて言い出すんじゃないでしょうね」と男は笑った。「言っておきますけど、そんなもの幻想ですよ。ありもしない幻想です」

「知ってるよ」と僕は言った。「幻想なんだろうよ。あんたと同じくらい、幻想なんだろう」

「なるほど、そう来ましたか」と男は優雅な笑みを深めて言った。「でも」

男は僕の耳に顔を寄せた。

「でも、こちらの幻想はあなたを救えますよ。私は、あなたを救える。それができるのは私しかいない」

「それも知ってる」

「その力を持っている限り、あなたはその人が自分でないことを永遠に呪いながら生きていくことになる。だから」

ガラスに映る男の姿が変わった。僕の隣にいるのは、僕だった。

「だから、来ないか？　僕と」

「消えろよ」

「いいのか？　それで」

僕はガラスから視線を外して、横にいる僕を見た。顔がくっつきそうになるほどの距離で、僕は僕を見ていた。僕は真正面から僕を見返した。

「永遠にその人を呪いながら生きていく。そうなんだろう。だったら、僕はそれ以上の祈りをその人のために捧《ささ》げるよ。その祈りが呪いに負けたなら、そのときはどこへなりとも連れて行けよ。文句は言わない」

ふっと僕が笑った。

「強くなったね」

「どうだかな」

「また来るよ」

「知ってるよ」

車内は無人だった。電車がゆっくりとスピードを落とし始めた。そこが僕の降りる駅だった。ホームに降り立ち、改札を抜けた。降りしきる雨の中を小走りに走って電話ボックスに駆け込み、電話をかけた。

「終わったよ」と僕は言った。「たった今、終わった」

「そう」と熊谷は答えた。「今、どこ?」

「すぐ近くだよ」と僕は言った。「本当にすぐ近く」

「傘、持ってるの?」

「持ってない」

「迎えに行く。今、どこ？」

「いいんだ。走って行くからいい。すぐに行く」

「そう？」

「うん」

「それじゃ待ってる」

「うん」

電話を切ると、少し雨が強くなっていた。構わずに僕はボックスを飛び出した。五分もすれば、僕は熊谷のマンションに辿《たど》り着くだろう。熊谷は何重にもかけられたカギを開けて、びしょ濡《ぬ》れになった僕を迎え入れてくれるだろう。僕は熊谷に包まれながら、これまでのことを残らず話して聞かせるのだろう。そして隣で眠りについた熊谷の夢が少しでも幸せなものであるよう、僕は僕の夢の中でずっと祈り続けるのだろう。

エピローグ

呼び鈴を押した。いくら待っても返事はなかった。僕は額から滑り落ちた汗をぬぐって、家の中の様子を窺《うかが》った。教授が逮捕から二十日後に起訴され、保釈されたという小さな記事が、今朝の新聞に出たばかりだった。僕は勝手に門を開けると、家を回り込んで、庭先を覗《のぞ》いた。教授は小さな縁側に腰を下ろして、ぼんやりと庭木を眺めていた。むせるような夏草の匂いの中を歩いて、僕はその隣に座った。教授が僕をちらりと見て微笑んだ。

「裁判は？」

Tシャツをあおいで風を送りながら、僕は聞いた。

「どうなりそうです？」

「長くかかりそうです。何せ、被告が完全に黙秘を決め込んでいるものですから」

僕が軽く笑い、教授も軽く笑った。生まれてきた季節にうんざりしたように投げやりに鳴く蟬の声が聞こえた。

「立花サクラは元気にやっていますよ」

庭木の緑の中にその姿を探しながら僕は言った。

「昨日も会って、話しました。水泳を始めたそうです。泳ぎたくて水泳部に入ったのに、陸上トレーニングばっかりやらされるってぼやいてました」

「そうですか」と教授は頷《うなず》いた。

「ただ、教授のことは殺してやるって、まだ言ってます。保釈されたことは知らせないほうがいいです」

今度は声を立てて教授が笑った。

「新聞を読まれたらアウトですけど、たぶん大丈夫でしょう。あんまり社会に興味はない子ですから」

家の裏手から飛んできた蜂《はち》が白い花の花弁の中に潜り込んだ。うんざりすることにすらうんざりしたように蟬が鳴き声を止めた。どこかで吹いた風に、風鈴が仕方なさそうに音を立てていた。

「私は間違っていたのでしょうか」

その風鈴の音に微《かす》かに目を細めて、教授は言った。

「ずっと考えていますが、いまだにわかりません。それで正しかったのかどうか」

「その人を殺したのは、その人のためだったのですか？　それとも立花サクラのためだった？」

「それもわかりません」と教授は言った。「いえ。たぶん、その母親のためだったのでしょう。子供が親を殺す。それは構わないんです。いつだってそうです。子供は成長すれば、やがて親を自分の中で殺します。そうしなければ、子供たち自身が生きて行けません。思う存分、殺せばいい。しかしその殺意が憎しみや軽蔑《けいべつ》に支えられているのでは、殺された親は浮かばれません。あの日、サクラさんを見かけたのは偶然でした。論文に行き詰まって、少しの息抜きのつもりで病院を歩いていたんです。論理がただの論理に終わらないよう、時々、そうするんです。現実に病気に苦しむ患者さんたちを見て、自分のしていることの意義を確認するんです。そして、サクラさんを見かけました。そんな時間に病院にいることを不審に思い、あとをつけました。サクラさんは自分の母親の病室に真っ直ぐに向かい、人工呼吸器のスイッチに手を伸ばしました。あのとき、サクラさんの顔にあったものが、もっと違うものだったのなら、私は手を出さなかったかもしれません。私には、あの患者が懇願しているように思えたんです。そんな目で私を殺さないで。そんな顔で私を殺さないで。そう懇願しているように見えました。気づくと私は手を伸ばしていました。あるいはそれは、サクラさんのためでも、患者のためでもなく、自分のためだったのかもしれません。殺される側の世代として、せめてもう少し優しく殺して欲しかったのかもしれません」

教授は言って、軽く首を振った。振り払い切れない疲れが、その肩に居残っていた。

蜂が花弁の中から抜け出して、どこかへと飛んでいった。

「立花サクラ、一度はやめたピアノを再開したそうです」

蜂の行方を目で追いながら、僕は言った。

「やっぱりもったいないからとか、ほんの遊びでやってるだけだとか、本人は言ってますけど」

「ええ」

「この間、彼女の部屋に行ったら、ピアノの上に真新しい楽譜が載ってました。レクイエムでした。母親のために弾くつもりなのだと思います。いつか。今は無理でも、いつか」

膝《ひざ》に置かれた自分の手のひらを眺めるように教授はうつむいた。

「サクラさんは大丈夫でしょうか」と教授は聞いた。

「わかりません」と僕は素直に答えた。「今、友人になるべく努力しているところなんです。お互いに」

「努力、ですか？」

「僕らにとっては、友情も愛情も、芽生えるものじゃなくて、作り出すものなんです。苦労して作り出して、大事に大事に守っていくものなんです」

「大変そうですね」

「まあ、仕方ないです」

教授は顔を上げて、にっこりとした。

「お茶でも淹《い》れましょう」

両膝を叩《たた》いて腰を浮かしかけた教授を僕は制した。

「いえ。もう行きます。今日もこれから会う約束があるんです」

「そうですか」と僕は言った。

「ええ。もう失礼します」と教授は言った。「それから、ありがとうございました」

「お元気で」と僕も深く一礼を返した。

深々と頭を下げた教授に、僕は腕時計に目をやった。これから、終業式を終えた立花サクラと会うことになっていた。約束に間に合うかどうか、微妙な時間になっていた。待ち合わせた空の下、恐ろしく似合わない制服を着て、不機嫌そうな顔で立っている彼女を思い、僕は何となくおかしくなった。

門を出たところで、僕は腕時計に目をやった。

待たせるわけにはいかない。

晴れ渡った空に一つ深呼吸をして、僕は約束の場所へと足を速めた。

ALONE TOGETHER《アローントゥギャザー》

本多《ほんだ》孝好《たかよし》

角川文庫 17821

本書は二〇〇二年十月に双葉文庫として刊行されました。

平成二十五年二月二十五日 初版発行

発行者—井上伸一郎
発行所—株式会社角川書店
東京都千代田区富士見二—十三—三
電話・編集 (〇三)三二三八—八五五五
〒一〇二—八〇七八
発売元—株式会社角川グループパブリッシング
東京都千代田区富士見二—十三—三
電話・営業 (〇三)三二三八—八五二一
〒一〇二—八一七七
http://www.kadokawa.co.jp

印刷所—旭印刷 製本所—BBC
装幀者—杉浦康平

定価はカバーに明記してあります。

ほ 20-2 ISBN978-4-04-100706-8 C0193